AF311778

CATALOGUE

DE

LIVRES RARES

ET DE

MANUSCRITS PRÉCIEUX

COMPOSANT LA BIBLIOTHÈQUE DE FEU M. E...

La vente, par suite d'acceptation bénéficiaire,
aura lieu les

Jeudi 5, Vendredi 6 et Samedi 7 Décembre 1867,

RUE DES BONS-ENFANTS, N° 28,
Salle Sylvestre N° 2,

A sept heures du soir.

Mᵉ DELBERGUE-CORMONT, *Commissaire-Priseur,*
Rue de Provence, 8.

PARIS

LIBRAIRIE BACHELIN-DEFLORENNE,
3, QUAI MALAQUAIS, 3.

1867

Sous presse :

CATALOGUE

DE LA

BIBLIOTHÈQUE

DE M. VAN DER HELLE

Composée de Manuscrits précieux français, flamands et italiens, avec miniatures ; de livres d'Heures sur vélin et sur papier, aux usages de Paris, de Cambray, de Tournay, etc. ; de Recueils de Chansons, de Livres à figures, parmi lesquels on remarque le Musée Laurent, 2 vol. in-fol. ; les Galeries de Florence, de Dusseldorf, du Palais-Royal, de Poulain, d'Orléans ; le musée Filhol, le Moyen Age et la Renaissance, les Arts somptuaires, les Costumes de Bonnard en épreuves originales, de Vecellio ; une série très-importante de livres anciens relatifs aux costumes anciens ou contenant des portraits de personnages célèbres ; une suite remarquable de Bibles avec figures, entre autres la Bible de Mortier avant les clous, richement reliée en maroquin par Padeloup ; la Bible de Royaumont, de bonne date, aux armes de Colbert ; un très-grand nombre de poëtes anciens, de facéties, de raretés bibliographiques avec figures de Callot, d'Holbein, de Lucas Cranach, d'autres maîtres célèbres ; une suite unique de livres d'emblêmes choisis entre les plus précieux et les plus recherchés, tels que le Centre de l'Amour, les Danses des Morts, etc. ; presque toute la collection des Heures modernes imprimées en chromo-lithographie sur papier ou sur vélin ; plusieurs ouvrages rares imprimés sur peau de vélin ; des Prières pour l'office, exécutées pour FOUQUET par le célèbre JARRY, et une quantité considérable de livres rares et curieux en divers genres, provenant des collections La Vallière, Renouard, Debure, Clinchamp, Coislin, Solar, Nodier, etc.

Tous ces ouvrages précieux, collectionnés avec goût et à grands frais pendant cinquante années, sont en conditions hors ligne comme pureté, comme marges et comme reliures. Il suffit d'ajouter que les reliures, très-nombreuses en maroquin ancien ou moderne, sont dues aux Padeloup, Derome, Duseuil, Thouvenin, Bauzonnet, Trautz-Bauzonnet, Capé, etc., etc.

La vente de cette riche Bibliothèque aura lieu à Paris, par les soins de notre librairie, en février prochain.

PARIS.—IMPRIME CHEZ JULES BONAVENTURE,
QUAI DES GRANDS-AUGUSTINS, 55.

CATALOGUE

DE

LIVRES RARES

ET DE

MANUSCRITS PRÉCIEUX.

CONDITIONS DE LA VENTE.

———

Les acquéreurs payeront, en sus des adjudications, cinq centimes par franc, applicables aux frais.

Les livres vendus devront être collationnés sur place dans les vingt-quatre heures. Passé ce délai ou une fois sortis de la salle de vente, ils ne seront repris pour aucune cause.

Il y aura exposition chaque jour de vente,
de 2 à 4 heures.

———

Les Commissions seront reçues à la Librairie BACHELIN - DEFLORENNE, chargée de la vente.

———

ORDRE DES VACATIONS :

1re *Vacation*, Jeudi 5 Décembre 1867.
N°s 1 à 170.

2e *Vacation*, Vendredi 6.
N°s 171 à 350.

3e *Vacation*, Samedi 7.
N°s 351 à la fin.

CATALOGUE

DE

LIVRES RARES

ET DE

MANUSCRITS PRÉCIEUX

COMPOSANT LA BIBLIOTHÈQUE DE FEU M. E...

*Impressions de Guttemberg, de Fust,
de Schoiffer, de Moravus, de Géring, de Coburger, de Lignanime,
de Jenson, de Sorg, de Geoffroy Tory, des Aldes,
des Estiennes, etc., etc.
Romans de chevalerie, Mystères, Heures à l'usage de Paris, de Rouen,
du Mans, etc. Contes, Nouvelles, Facéties, etc.*

La vente, par suite d'acceptation bénéficiaire,
aura lieu les

Jeudi 5, Vendredi 6 et Samedi 7 Décembre 1867,

RUE DES BONS-ENFANTS, N° 28,
Salle Sylvestre N° 2,

A sept heures du soir.

Mᵈ DELBERGUE-CORMONT, *Commissaire-Priseur,*
Rue de Provence, 8.

PARIS
LIBRAIRIE BACHELIN-DEFLORENNE,
3, QUAI MALAQUAIS, 3.

1867

CATALOGUE

DE

LIVRES RARES

ET DE

MANUSCRITS PRÉCIEUX.

THÉOLOGIE.

I. *Écriture sainte.*

1. BIBLIA SACRA. Manuscrit sur VÉLIN très-fin du XIIIe siècle, fort in-8, v., fil., tr. dor. (*Un timbre gratté sur le premier feuillet.*)

   Très-beau et précieux manuscrit contenant toute la Bible, et enrichi de plusieurs lettres onciales et bordures historiées dans le goût byzantin. Les manuscrits de cette date sont très-rares et recherchés. Le texte de celui-ci est en lettres microscopiques d'une régularité et d'une beauté remarquables.

2. MANUSCRIT SUR LA BIBLE, du xve siècle, écrit sur vélin très-fin, avec initiales peintes. In-8, d.-rel., dos et coins de maroq. violet.

3. BIBLIA SACRA vet. novi Testamenti. *Impressa Norimbergæ*, anno 1478, in-fol., peau de truie estamp., fermoirs.

   Exemp. grand de marges, en sa première reliure initiales peintes; lég. piq.

I

4. Testamentum Novum, per D. Erasmum, Rote-
rodamum. *Francoforti, apud Herm. Gulferi-
cum,* 1548, in-8, d.-rel. bas., tr. dor. (*Témoins,
quelq. mouill.*)

> Édition très-rare, remplie de gravures sur bois de
> Holbein et de Virgile Solis.

5. Dialogorum sacrorum libri quatuor, Sebastiano
Castalione autore. *Basilœ, per J. Oporinum,*
1557, in-12, maroq. vert, fil., tr. dor. (*Derome.*)

> Exemp. de *Nodier*, avec une note autographe de cet
> écrivain distingué, indiquant que ce livre est un joli
> abrégé de l'Écriture sainte, composé sous une forme
> dramatique. Le bon Castalion était le Fénelon des pro-
> testants.

6. Psalterium Davidis, ad exemplar. vaticanum.
Lugduni, apud J. et D. Elsevirios, 1653,
in-12, maroq. rouge, dent., tr. dor. (*Thouvenin.*)

> Exemp. reglé. Haut. : 128 mill.

II. *Liturgie.*

7. HEURES DU XVe SIÈCLE. Manuscrit sur
vélin, in-8, maroq. bleu, à compart., ornem.
dor. sur les plats, fil. double, tr. dor. (*Belle
rel. moderne.*)

> Manuscrit français d'une haute curiosité, en ce que,
> en dehors des grandes et petites miniatures que l'on
> trouve ordinairement dans les Livres d'Heures de cette
> époque, il contient plusieurs miniatures spéciales d'une
> beauté remarquable et représentant des *combats de
> tournois,* des *joutes maritimes* et des *scènes de chasse.*
> Il a appartenu à une famille noble portant *d'azur plein.*
> Ce blason se trouve souvent répété dans les bordures
> avec les devises : *Plus que jamais* et *Se bien en vient.*
> Chaque page est accompagnée d'une bordure de fleurs
> et d'êtres grotesques.

8. PRECES PIÆ (livre d'heures du xve siècle).
Manuscrit sur VÉLIN, gr. in-8, v. fauve, fil.,
tr. dor.

> Manuscrit du commencement du xve siècle, enrichi
> de 13 miniatures d'une composition curieuse.

9. LIVRE D'HEURES du xve siècle. Manuscrit français sur VÉLIN, in-8, à riches ornements sur les
plats, dent., tr. dor. (*Belle rel. ancienne.*)

> Beau manuscrit avec musique notée et plusieurs mi-
> niatures. On lit sur les deux plats de la reliure : ELI-
> SABETH DE LAISTRE.

10. **Heures a l'usage de Rome.** (A la fin :)
Ces présentes heures ont esté imprimees *par
Philippe Pygouchet. S. l.* (Almanach pour
21 ans, de 1488 à 1508), in-8 goth., reliure
du xvie siècle en maroq. noir, avec riches ornements sur les plats, fil., tr. dor.

> Admirable volume, très-pur et grand de marges.
> Initiales peintes. Bordures élégantes et d'un beau style.
> Cette édition des Heures est la première qu'ait donnée
> Pygouchet.

11. **Hore intemerate Birgis Marie/** secûdû
usum romanû. (A la fin :) *Les présentes heures
a lusaige de Romme furent achevees l'an* (1498)
par Thielmâ Kerver. In-8, maroq. vert, tr.
dor. (*Kœhler.*)

> Magnifique exemp. imprimé sur VÉLIN : lettres ini-
> tiales peintes, *fig. noires.* Haut.: 208 mill.; larg.: 135
> mill.; lég. piq.; raccommodages.

12. **Missale romanum** noviter impressum. *Venetiis, per nobil. virum Lucantoniû de Giunta,
florentinû,* 1501, in-8, v. à comp. dor., tr. dor.
et ciselée. (*Anc. rel.*)

> Edition rare.

13. **Ḣeures a l'⁹uſaige de Rouan** / au long, sans rien requerir..... *Ont este imprimees par Symon Vostre, libraire, demourant à Paris, s. d.* (Almanach pour 21 ans, de 1508 à 1528), pet. in-4, veau à compartiments de diverses couleurs, tr. dor. (*Riche reliure ancienne un peu réparée.*)

> Exemp. sur papier, court de marges et raccommodé à plusieurs ff., mais remarquable par son élégante reliure ancienne.

14. **Ḣeures a l'⁹uſaige du Mans** / au long, sans rien requerir. *S. l. n d.* (Almanach pour 21 ans, de 1510 à 1530), in-8, riche reliure ancienne à comp. et mosaïq. tr. dor. (*Marque de* SYMON VOSTRE.)

> Exemp. sur VÉLIN, dans une très-remarquable reliure ancienne, qui est malheureusement abimée et nécessite une réparation très-soignée. Haut.: 224 mill.

15. **Ḣore Bte Marie** / secundum usum romane. (In fine:) *Impressis opem Egidij Hardouyn, commorantis Parisiis, s. d.* (Almanach pour xv ans, de 1516 à 1530), in-8, maroq. rouge, à fil. tr. dor. fermoirs.

> Exemp. sur VÉLIN; grav. sur bois peintes en minia ture; bordures enluminées à la main.

16. **Ḣore in laudem beatiſſime Virginis Marie.** (Au verso du dernier feuillet:) *Les presentes heures a lusage de Paris, privilegiees pour dix ans commêcéas a la presente date de leur impression, furent achevees dimprimer le vingt deuxiesme jour Doctobre mil cinq cens vingt sept, par maistre Simon du bois imprimeur pour maistre GEOFROY TORI de Bourges,*

q. les vend à Paris à lêseigne du pot casse.
In-8, n. rel.

> Exemp. sur VÉLIN ET COLORIÉ; il est incomplet du titre (qui est remplacé par une gravure peinte en miniature et représentant un lit de justice; cette gravure est collée sur le ff. *A i j*), et du dernier ff. du cahier *g.* Haut.: 210 mill.; larg.: 145 mill.

17. **Heures a l'ufaige de Paris/** toutes au long, sans rien requerir. (A la fin :) *Imprimé à Paris, pour la veufve de feu Thielman Kerver*, 1535, in-8, maroq. noir, fil. tr. dor. (*Marque du Christ en croix sur le titre.*)

> Exemp. sur papier, à toutes marges.

18. PETIT OFFICE DE LA STE-VIERGE, écrit et gravé par L. Senault. *Paris, s. d.*, in-8, maroq. rouge, à comp. orn., fil., tr. dor. (*Aux armes de la* MAISON LE TELLIER.)

> Belle reliure ancienne. Texte entièrement gravé et illustré de jolies figures d'ornements.

III. *SS. Pères. — Théologie morale et Polémique. — Imitations. — Sermons. — Opinions singulières.*

19. LACTANTII FIRMIANI de diversis institutionibus adversus gentes. (In fine :) *Impressum formis justoq̃ nitore coruscans, hoc Vindelinus condidit artis opus,* 1472, in-fol. vél. (*A toutes marges.*)

20. **Ad reverendiſſimū** ex xpo prem ac dominū sancte ecclesie Ratisponens Episcopū. Prefatio fris petri Nigri ordinis pdicator. In tractatū otra pfidos Judeos de odicionibs ven messie..... (In fine :) *Impressus est p discretū ac indus-*

triũ virũ Conradum Fijner de gerhusen. In Eblingen imperiali villa, 1475, pet. in-fol. goth. vél. (*Très-bel exempl.*)

21. La Consolation de l'ame... (en goth. allemande). *Augsbourg, A. Sorgen*, 1483, in-fol. goth. bas. (*Mouillures.*)

> Avec 10 grandes planches gravées sur bois.

22. **Incipit confeſſionale** in vulgari sermone editum per venerabilem P. D. Antonium archiepiscopuz florentie ordinis predicatorum. *Impressum est Venitiis , per Antonium de Strata de Cremona*, 1486, in-4, goth. cart.

23. **De imitatione Chꝛiſti.** A la fin. *Parisiis, per Philippum Pygouchet*, 1492, in-8, goth. maroq. bleu à comp., fil. tr. dor. (*Bauʓonnet-Purgold.*)

> Titre un peu plus court que le texte. Haut.: 123 mill.; larg.: 88 mill.

24. **Senſuit le liꝛe ſalutaire de l'⁹imita/tion** de nostre seigneur Jesu-Christ. Et du parfaict contempnement de ce miserable monde. (A la fin·) *Imprimé nouvellement à Paris, par Denys Janot, s. d.*, in-4, goth. à 2 col., v. fauve, fil. tr. dor. (*Fig. sur bois.*)

> Haut.: 175 mill. Timbre sur le titre et sur le ff. 11. .

25. **Gerſon/ de nocturna ꝛ diurna pollutio/niꝰus** / et de cognicione castitatis. — Incipit forma absolutionis sacramentalis. (*Absque nota*), in-4, de 30 lignes à la page et de 28 ff. dem.-rel. maroq.

26. Divini Eloqui preconis celeberimi fratris

Olivieri Maillardi ord. minorum professoris. Sermonis de adventu declamati parisius in ecclesia Sancti Joannis in Gravia. *Parisiis, Jehan Petit, s. d.* (vers 15.15), pet. in-8 goth. à 2 col., v. m. dent. *(Rel. de Padeloup.)*

27. **Die Biosamlin** doct. Keiserspergs. (Sermons.) *Strasbourg, Gruninger*, 1517, in-fol., cart. *(Figures sur bois, piqûres.)*

Les figures sont remarquables pour les costumes.

28. Fratris Michaelis Menoti Sermones quadragesimales. *Parisiis, Jehan Petit*, 1517, pet. in-8 goth. à 2 col., mar. gr. fil., compart. *(Jolie rel. de Ginain.)*

29. Fructuosissimi atqz amenissimi sermones Fr. Gab. Barelete..... *Parisiis (André Berthelin)*, 1527, pet. in-8 goth. à 2 col., dem.-rel. v. anc.

30. Actii Syncerii Sannazarii de partu virginis libri III. Ejusdem de Morte Christi lamentatio. *Venetiis, in œdibus hæredû Aldi*, 1533, in-8, maroq. rouge, dent. tr. dor. *(Bozerian.)*

31. **Les Allumettes du feu diʒin**/ pour faire ardre les cueurs humains en l'amour de Dieu (autheur F.-Pierre Dore). *On les vend a Paris, par Françoys Regnauld*, 1538, in-12 goth., v. fauve, fil. tr. dor. *(Chaumont.)*

Bel exemp. réglé.

32. Lactance Firmian, des Divines Institutions contre les gentils et idolâtres; trad. du latin en français par René Famé. *Paris, Groulleau*, 1551, in-16, v. vert. *(Fig. sur bois.)*

33. Les Provinciales, ou Lettres escrittes par L. Montalte à un provincial; trad. en latin, en espagnol et en italien. *Cologne,* 1684, in-8, v. rouge, fil., tr. dor. (*Jolie rel. de Purgold.*)

34. Histoire des Flagellans, où l'on fait voir le bon et le mauvais usage des flagellations parmi les chrétiens, par l'abbé Boileau. *Amsterdam,* 1701, in-12, v. marb.

35. Le Militaire philosophe, ou Difficultés sur la religion, proposées au R. P. Mallebranche par un ancien officier. *Londres,* 1768, in-12, maroq. rouge, fil., tr. dor. (*Derome.*)

36. Sermon du F. Olivier Maillard, presché à Bruges en 1500, et autres pièces du même auteur, avec une notice par J. Labouderie. *Paris,* 1826, in-8, maroq. rouge, dent., fil., tr. dor. doublé de tabis. (*Bozérian.*)

IV. *Histoire des Religions, des Papes, des Conciles, des Ordres religieux.*

37. Eusebii ecclesiastica historia, per Rufinum de græco in latin. traducta. *Mantuæ, J. Schallus,* 1479, in-fol., d.-rel. vél. (*Piq., témoins.*)

38. Le Livre des Conciles (en allemand), avec les armoiries du clergé. *Imprimé à Augsbourg, par A. Sorg,* 1483, in-fol., peau de truie.

Edition princeps. Ouvrage curieux, en langue allemande, rempli d'armoiries et de belles gravures sur bois. L'exemp. est incomplet des 4 premiers feuillets; il est piqué et mouillé.

39. Platynæ historici liber de vita Christi ac

pontificum omnium qui hactenus ducenti et vigenti duo fuere. *(Venetiis), impensa Johannis de Colonia Agrippinensi ejusque socii Johannis Màthende Gheret͡zem, etc., s. d.,* in-fol., d.-rel. mar. vert. *(Lég. rac. et mouill.)*
Première édition.

40. L'Alcoran de Mahomet, traduit d'harabe en françois par du Ryer. *La Haye (à la Sphère), Adr. Moetjens,* 1683, pet. in-12, rel. en veau, fil., dent., tr. dor.

41. Briefve histoire de l'institution des ordres religieux, avec les figures de leurs habits, gravés sur le cuivre par Odoart Fialetti. *Paris,* 1658, in-4, veau. *(Figures.)*

42. Histoire des cérémonies et des superstitions qui se sont introduites dans l'Eglise (par J. Poirée). *Amsterdam,* 1717, in-12, v. marb.

43. Histoire de la papesse Jeanne, fidèlement tirée de la dissertation latine de Spanheim. *La Haye,* 1720, 2 vol. in-12, v. fauve, fig.

44. Histoire abrégée des différents cultes, par Dulaure, *Paris,* 1825, 2 vol. in-8, d.-rel maroq. vert.

45. Le Imagini de i Dei de gli antichi, nel qualis i contengono gl' idoli, riti, ceremonie, et altre cose appartensi alla religione de gli antichi, racolte dal Sg Vinc. Cartari. *In Lione,* 1831, rel. en veau gr. *(Figures nombreuses sur bois.)*

V. *Vie des Saints, etc.*

46. RECUEIL DE QUINZE MINIATURES du XVIIIe siècle, représentant des saints, et peintes par un artiste allemand , avec un texte en allemand. Pet. in-4, rel. en velours rouge, tr. dor.

Charmant manuscrit.

47. HISTOIRE DES ROIS MAGES, etc. (en langue allemande). *S. l. n. d.*, in-fol. goth. (*fin du XVe siècle*).

Edition sans chiffres, signatures ni réclames, remarquable par les figures sur bois qu'elle contient. Elle nous paraît sortir des presses de Cologne. Très-bel exemp., mais un peu mouillé.

48. 𝕾𝖆𝖓𝖈𝖙𝖎 𝕾𝖊𝖗𝖛𝖆𝖙𝖎𝖎 Legenda. (*In fine :*) *Colonieq̃ impressa p. me Arnoldû ther hoyrnen finita*, 1472, in-4 goth., cart. (*Mouill.*)

Notes marginales manuscrites.

49. 𝖁𝖎𝖙𝖆 𝖉𝖎 𝖘𝖆𝖓𝖈𝖙𝖎 𝕻𝖆𝖉𝖗𝖎/ vulgâ historiada. *Impressum Venetiis, per Otinum da Pavia de la Luna*, 1501, in-fol., vélin. (*Figures sur bois remarquables.*)

Bon exemp., bien qu'un peu court.

50. 𝕷𝖊𝖌𝖊𝖓𝖉𝖆 𝖔𝖕𝖚𝖘 𝖆𝖚𝖗𝖊𝖚𝖒 quod Legêda sanctorum. *Lugduni, apud Nicolaum Petit*, 1540, in-4, v. estamp. à compart. (*Fig. sur bois.*)

51. VIE DE SAINT ANTOINE. (Texte allemand.) *Strasbourg, s. d.*, in-4 GOTHIQUE à 2 colonnes, mar. brun, compart. petits fers, fil. tr. dor. (*Fig. sur bois.*)

52. Legende dorée, ou Sommaire de l'histoire des frères Mendians de l'ordre de saint Dominique et de saint François, etc. (par Nic. Viguier). *Amsterdam, aux dépens de la Compagnie,* 1734, in-12, v. fauve.

VI. *Hérésies, schismes, controverses, protestantisme.*

53. 𝕯𝖊𝖚𝖉𝖘𝖈𝖍 𝕮𝖆𝖙𝖊𝖈𝖍𝖎𝖘𝖒𝖚𝖘. (Catechisme allemand par Martin Luther.) *Wittemberg,* 1531, in-12 goth., *fig. sur bois,* cart. (*Fortes piqûres et mouillures.*)

54. LA PHYSIQUE PAPALE, faite par manière de devis, et par dialogues, par Pierre Viret. *De l'imprimerie de Jean Gerard,* 1552, in-8, maroq. vert, fil. tr. dor. (*Derome.*)
   Haut. : 142 mill. Lég. mouillures.

55. ANATOMIE DE LA MESSE et du Messel. *S. l., par Jean Crespin,* 1555, in-12, cart. (*Mouillures.*)

56. REGNUM PAPISTICUM, nunc postremo recognitum et auctum. Thoma Naogeorgo autore. *Basilæ, Joannis Oporini,* 1559, pet. in-8, mar. rouge, tr. dor.

57. SATYRES CHRESTIENES DE LA CUISINE PAPALE (par Viret). *Imprimé par Conrad Badius,* 1560, in-8, maroq. bleu, dent. tr. dor. (*Derome.*)
   Très-rare. Exemp. VIOLLET-LEDUC. Quelques lég. taches et raccomm. Haut. : 161 mill.

58. HISTOIRE DE LA MAPPE-MONDE PAPISTIQUE en laquelle est declaire tout ce qui est contenu et

pourtraict en la grande table ou carte de la
Mappe-Monde : composée par M. Frangidelphe
Escoche-Messes. *Imprimé en la ville de Luce-
Nouvelle, par Brifaud Chasse-Diables,* 1567,
in-4 allongé, maroq. rouge, fil., tr. dor. (*Pa-
deloup.*)

Livre très-curieux et fort rare.

59. TRAITÉ DES RELIQUES, ou Advertissement très-
utile du grâd profit qui revient à la chrestienté
s'il se faisait inventaire de tous les corps saincts
et reliques qui sont tât en Italie qu'en France..,
par J. Calvin. *Genève,* 1601, in-12, v. (*Anc.
rel.*)

Taché d'encre sur les 2 pr. ff.; un peu court en tête.

60. LA MESSE EN FRANCOIS, exposée par M. Jean
Bedé angevin. *A Genève, de la société Caldo-
rienne,* 1610, in-8, v. (*Anc. rel.*)

Mouillures et fortes piq. sur quelq. ff. de la fin.

61. LA CHASSE DE LA BESTE ROMAINE, par Georges
Thompson. *La Rochelle,* 1612, in-8, d.-rel. v.
(*Rogné, mouillé.*)

62. Des Traditions et de la perfection et suffisance
de l'Écriture Sainte, par P. Du Moulin. *Sedan,*
1631, pet. in-8, v. m. (*Quelques mouillures à
la marge supérieure.*)

63. ANATOMIE DE LA MESSE, par Pierre du Moulin,
ministre de la parole en Dieu en l'Église de
Sedan. *Genève,* 1640, in-8, d.-rel. t. (*Piqûres et
taches de rouille.*)

64. La Conférence du diable avec Luther contre
le saint sacrifice de la Messe. *Paris, Desprez
et Jonet,* 1673, in-8 vélin. (*Avec la figure.*)

65. Le Tombeau de la Messe, par D.-D. (Derodon). *Amsterdam*, 1682, pet. in-12, v. jaspé fil.

66. Les Avantures de la Madona et de François d'Assise, par M. Renoult, ministre du saint Évangile. *Amsterdam*, 1745, in-12, mar. rouge, fil. tr. dor. (*Derome.*)

Figures. 2 ff. troués et raccommodés.

67. Defense du paganisme par l'empereur Julien, en grec et en françois, avec des dissertations et des notes, par le marquis d'Argens. *Berlin*, 1764, in-12, maroq. rouge, fil. tr. dor. (*Anc. rel.*)

68. Tableau des Saints, ou Examen de l'esprit de la conduite... des personnages que le christianisme révère. *Londres*, 1770, 2 vol. in-12, mar. rouge, fil. tr. dor. (*Derome.*)

69. Histoire critique de Jésus-Christ, ou Analyse raisonnée des Evangiles (par le baron d'Holbach.) *S. l. n. d.*, pet. in-8, rel. en v. granit.

70. Taxes des parties casuelles de la boutique du pape, rédigées par Jean XXII, édit. publiée par Jul. de Saint-Acheul. *Paris*, 1820, in-8, rel. en v. rac.

71. Taxe de la Chancellerie romaine, ou la Banque du pape, etc. (par Renout.) *Rome*, 1774, pet. in-8, *fig.*, dem.-rel. bas. (*Mouillé dans les premiers feuillets.*)

JURISPRUDENCE.

Droit ecclésiastique et civil.

72. BONIFACIUS, papa VIII. Liber sextus decretalium. *Moguntiæ, per Johan. Fust et Petr. Schoiffer*, 1465, in-fol., goth., maroq. vert, tr. dor. (*Rel. mod.*)

> Exemp. imprimé sur VÉLIN, avec lettres onciales et initiales peintes. Le dernier feuillet a été coupé dans le bas, en enlevant sept lignes de texte. Piqué et un peu rogné. Cette première édition est fort rare ; cet exemp. ne contient pas les 4 ff. prélimin. dont parle Brunet, mais un pareil exemp. fut vendu 2000 fr. chez Berluut en 1848.

73. **Taxe cācellarie apoſtolice** et taxe sacre penitétiarie..... *Venundantur Parisiis, per Tossanū Denis*, 1520, in-4, goth., v. r. (*Piq. et mouil.*)

> Grand de marges.

74. La practique et enchiridion des causes criminelles, illustrée par plusieurs élégantes figures..., rédigée par Josse de Damhoudere. *Louvain.* 1555, in-4, v. fauve, fil. tr. dor. *fig. sur bois.*

> Exemp. de A. AUDENET.

75. Arrest memorable du Parlement de Tholose, contenant une histoire prodigieuse d'un supposé mari, advenue de nostre temps. Enrichi de cent et onze belles et doctes annotations par M.-J. de Coras. *Paris,* 1572, pet in-8 vél.

76. Plaidoyer de Monsieur Freydier, avocat à Nismes, contre l'introduction des cadenats ou ceintures de chasteté. *Montpellier*, 1750, in-8, dem.-rel. v. (*Édition originale.*)

SCIENCES ET ARTS.

I. *Philosophie.* — *Morale.* — *Politique, etc.*

77. **Boetius de consolatione philosophiae.** (A la fin :) *Hic liber Boecij de osolatione philosophie in textu latina alemanicaqʒ lingua refectus ac translat? una cum apparatu et expositione beati Thome de aquino ordinis predicatorum finit feliciter anno domini MCCCCLXXII mensis july. Condidit hoc cujis alûnis Nurembergensis opus arte sua Antonius Coburger.* In-fol. v. vert. à comp. coins ornés, fil. tr. dor.

> Edition très-rare, (*Voir Brunet.*)

78. **Roderici episcopi zamorensis speculum Vitae humanae.** (*Absque nota*), in-4, goth., à 27 lignes par page, vél.

> Très-bel exemp. à toutes marges. Cette édition, sans chiffres, signatures ni réclames, a été composée avec les caractères d'Ulric Zell, vers 1468 ou 1470.

79. Margarita philosophica totius Philosophiæ rationalis, naturalis et moralis principia dialogice XII Libris complectens. *Heydelberga*,

1496, in-4, cart., *fig. sur bois.* (*Édition en lettres rondes.*)

80. **La Fontaine de toutes fciêces** du philosophe Sydrach. (Ce titre seul sur un feuillet doublé.) A la fin : *Imprime a Paris, par Anthoine Vérard, s. d.* (vers 1499), pet. in-fol. goth., à 2 colonnes, v. antiq.

> Exemp. très-beau de marges de cette édition rare, à 37 lignes par colonne.

81. **Regimen moralitatis** (titre suivi de deux petites gravures en bois. (A la fin :) *Impressum Bamberge, s. a.*, pet. in-4 de 4 feuill., signat. *i*, maroq. rouge, tr. dor. (*Duru.*)

> Le texte gothique de cette plaquette curieuse nous parait imprimé avant le xvᵉ siècle, et extrait d'un autre ouvrage. Il est composé de distiques latins suivis de quatrains allemands.

82. BOETIUS DE PHILOSOPHICO CONSOLATU, sive de consolatiôe philosophie : cum figur. ornatissimis novit' expolit'. *Impressum Argentine, p. Johannê Gruninger*, 1501, pet. in-fol., maroq. orange, fil., tr. dor. (*Belle rel. angl.*)

> Nombreuses figures sur bois. Rogné en tête jusqu'au titre courant.

83. **Le Cueur de philofophie** / translaté de latin en francois, a la requeste de Philippe le Bel, roy de France. (A la fin :) *Nouvellement imprime a Paris, pour Francoys Regnault, libraire*, 1529, in-4, v. jaspé, fil. (*Témoins.*)

84. I Dilettevoli dialogi le vere narrationi le facete epistole di Luciani philosophe, di in volgare tradotte per Nicol. de Lo. *Vinegia*, 1529,

pet. in-8, d.-rel. mar. violet, dos et coins de
mar. violet, tr. dor.

85. Il Libro del cortegiano del conte Baldesar
Castiglione. *In Firenze*, 1554, pet. in-8, veau
fauve.

86. L'Introduction au Traité de la conformité
des merveilles anciennes avec les modernes, ou
Traité préparatif à l'Apologie pour Hérodote.
L'an 1566 (*Etienne*), in-8, maroq. rouge, tr.
dor. (*Thomson.*)

> Exemp. réglé, un peu court et taché d'encre en haut
> de quelques feuillets.

87. Le Theatre du monde, ov il est faict vn am-
ple discovrs des miseres humaines, composé en
latin par Boastuau, surnommé *Launay,* natif
de Bretaigne, puis trad. par lui-même en françois. *Paris*, 1570, in-16, d.-mar., n. rog.

88. Vindiciæ contra tyrannos, sive de principis
in populum, populique in principem, legitima
potestate, Stephanio Bruto celta, auctore. *Edim-
burgi*, 1579, pet. in-8, v. mar.

89. Paradoxe sur l'incertitude, vanité et abus des
sciences, trad. en françois du latin de Henry
Corneille. *Sans lieu*, 1582, pet. in-12, d.-rel.,
dos et coins en mar., n. rog.

90. Examen des esprits propres et naiz aux
sciences, traduit d'espagnol en françois par Gabriel Chappuis. *Rouen*, 1598, in-12, v. fauve,
fers à froid, tr. dor. (*Raccommodé.*)

91. Boetii Consolationis philosophiæ libri V,
Ejusd. opuscula sacra auctoria Renatus Vallinus

recensuit et notis illustravit. *Lugd.-Batavo-rum, Fr. Hackium*, 1656, pet. in-12, maroq. rou., fil. (*Front. gravé.*)

92. Apologie pour Hérodote, ou Traité de la con-formité des merveilles anciennes et modernes, par Henri Estienne, avec des remarques de Le Duchat. *La Haye*, 1735, 3 vol. in-12, *fig.*, rel. en v. granit.

93. Œuvres philosophiques de la Mettrie. *Amsterdam*, 1753, 5 part. en 1 vol. pet. in-12, rel. en maroq. rouge, fil. tr. dor. (*Rel. ancienne.*)

94. Timée de Locres, en grec et en françois.., par le marquis d'Argens. *Berlin*, 1763, in-12, mar. rouge, fil. tr. dor. (*Mouillie.*)

95. Tableau philosophique du genre humain, depuis l'origine du monde jusqu'à Constantin (par Borde). *Londres*, 1767, in-12, mar. rou., fil. tr. dor. (*Derome.*)

96. Recueil philosophique, ou Mélange de pièces sur la religion et la morale, par différents auteurs. *Londres*, 1770, 2 vol. in-8, rel. en v. antique, fil. dor. en téte, non rog. (*Ering et Muller.*)

97. Système de la nature, ou les Loix du monde physique et du monde moral, par Mirabaud. *Londres*, 1770, 2 vol. in-8, rel. en maroq. rou., dent. fil., tr. dor. (*Armes.*)

98. Les Caractères de La Bruyère. *Paris, stéréotypie d'Herhan*, 1802, 3 vol. in-12, v. fauve, dent. fil., tr. dor. (*Portrait.*)

99. Essais de Michel de Montaigne, nouvelle
édit. *Paris, Lefèvre,* 1818, 6 vol. in-18, pap.
vél., rel. en maroq. vert, fil. tr. dor. (*Bel exemplaire relié par Simier.*)

II. *Histoire naturelle. — Régime de santé. —
Médecine.—Hygiène, etc.*

100. **Platyne** de honesta voluptate. (In fine :)
*Impressuȝ in Civitate Austrie, impensis et
expensis Gerardi de Flandria,* 1480, in-4,
dem.-rel.

Exemp. à toutes marges. Piq. et mouill. peu import.

101. **Clariſſimi Biri Jginii** poeticon Astro-
nomicon, opus utilissimum fœliciter incipit.
Venetiis, 1482, in-4, maroq. citr. à comp. anc.
rel. (*Figures sur bois.*)

102. **Regimen ſanitatis** salernitatù nec nô et
Mgri Arnoldi d' Nova Villa. (In fine:) *Impressuȝ Lovani, in domo Johannis de Westfalia,
s. d.,* in-4, (*à longues lignes et à toutes marges*), n. rog.

103. **Regime de ſanté** pour conserver le corps
humaî et vivre lôguemét (à la fin :) Cy finist le
remede contre la peste, ung traicte des urines,
le remede côtre la verolle. *Imprimé à Paris,
par Alain Lotrian, s. d.,* in-4 goth., dem.-rel,
v. (*Piqûres et mouillures.*)

Haut. : 184 mill.

104. Prodigi orum ac ostentorum chronico......
conscriptum per Conradum Lycosthenem. *Ba-*

silæ, per H. Petré, 1557, in-fol., v. (*Figures sur bois curieuses et nombreuses.*)
Quelques mouillures; reliure défraîchie.

105. Catalogus nunquam antea visus omnium cometarum, secundum seriem annorum a diluvio conspectorum, usque ad hunc præsentem, post Christi nativitatem, 1579. Pet. in-8, v. gauffré, tr. dor. (*Ancienne rel. avec milieu.*)

106. De conceptu et generatione hominis.., opera Jacobi Rueffi. *Francoforti ad Mœnum*, 1580, in-4, vél. (*Figures sur bois curieuses.*)

107. Histoire admirable des plantes et herbes esmerveillables et miraculeuses en nature, etc., avec leurs pourtraicts au naturel, par Claude Duret, Bourbonnois. *Paris, Nic. Buon*, 1605, pet. in-8, vél.

108. Passeri hortus floridus. *Arnhemii, apud Joan. Jan Bonum*, 1614, in-4, oblong, avec 60 planches représentant 120 gravures, rel. en v. marbré.

109. Histoire des plantes, traduite du latin en françois, avec leurs pourtraicts, noms, qualitez où elles croissent, par Geofroy Lenocier. *Paris, Guill. Macé*, 1620, in-16, fig. très-nombreuses, rel. en v. fauve, fil. tr. dor.

110. Les Secrets et merveilles de nature, recueillis de divers autheurs et divisé en XVII livres, par J. Jacq. Wecker, de Basle. *Rouen*, 1651, pet. in-8, vél.

111. La Religion du médecin, par Th. Brown. *Imprimé l'an* 1666 (*s. l.*), pet. in-12, v. fauve. (*Front. gravé.*)
Imprimé par les Elzéviers.

112. Sibylla Trig. Andriana, seu de Virginitate,
virginum statu et jure tractatus jocundus....,
per Henr. Kornmannum. *Coloniæ*, 1765, in-12,
v. fauve, fil.

113. Histoire naturelle des insectes, composée
d'après celle de Réaumur, Geoffroy et autres,
par de Tigny. *Imp. de Crapelet, Paris, Deter-
ville*, 1802, 10 vol. in-18, d.-rel. mar. vert.
(*Avec un très-grand nombre de fig. col.*)

114. Œuvres complètes de Buffon, mises en ordre
par Lacépède. *Paris, Rapet*, 1817, 17 vol.
in-8, pap. vélin, fig. col., rel. en mouton ma-
roquiné, n. rog.

115. Physiologie du goût (par Brillat-Savarin);
édition suivie de la Gastronomie par Berchoux.
Paris, Charpentier, 1840, gr. in-18, rel. en
maroq., fil., tr. dor.

III. *Philosophie occulte.—Astrologie.—Magie.
Prédictions et Compost.*

116. **Mirabilis liber**/ qui prophetias revela-
tionesqz nec non res mirandas preteritas, presentes, etc.... (A la fin :) *On les vend au Pelli-
can, en la rue Sainct-Jacques, s. l. n. d.*,
in-8 goth., maroq. brun, tr. dor.

La seconde partie, en français, se trouve à la fin du
volume. Bel exemp. de ce livre curieux.

117. **Le grand Calendrier et compost des
Bergers**/ composé par le Berger de la grand
Montaigne. *A Paris, chez Nicolas Bonfons*,

s. d., in-4 goth., maroq. vert, fil., tr. dor. *Fig. sur bois. (Thouvenin.)*

Bel exemp. Haut. : 197 mill.

118. **Propheceien und Weiſſagungen** (Prophéties à l'exhortation des pieux et à la terreur des méchants). *S. l. n. d.*, in-4 goth., cart. (*Curieuses figures sur bois.*)

119. Les Jugemens astronomiques des songes, composez par Artemidorus..., trad. par Charles Fontaine. *Paris, veufve Jean Bonfons, s. d.,* in-12, v. fauve, fil., tr. dor.

120. Les Discours fantastiques de Justin Tonnelier. *Paris, Guillaume le Noir,* 1566, in-16, veau, fil. (*Titre raccommodé.*)

121. Les Prophéties de Nostradamus, de M⁰ Michel Nostradamus, dont il y en a trois cens qui n'ont encore jamais esté imprimées. *A Lyon, chez Benoist Rigaud,* 1568, in-16, mar. rou., fil., tr. dor. (*Rel. ancienne, genre Duseuil.*)

122. Histoires, disputes et discours, des illusions et impostures des diables, des magiciens infames, sorciers et empoisonneurs, etc. Le tout compris en six livres, augmentez de moitié en ceste dernière édition, par Jean Wier. *Sans lieu, pour Jacq. Chavet,* 1579, in-8, rel. en v. marb.

123. Les Livres de Hierosme Cardanus, medecin milannois, intitulez de la Subtilité et subtiles inventions; ensemble les causes occultes et raison d'icelles, trad. par Richard le Blanc. *Paris, Cavelat,* 1584, 3 vol. in-8, maroq. vert foncé, fil., tr. dor. (*Derome.*)

124. Enchiridion, Leonis Papæ, serenissimo imperatori Carolo Magno, in munus pretiosum datum. *Moguntiæ*, 1633, in-16, rel. en veau fauve, fil., tr. dor.

125. Les Œuvres de M. Jean Belot, curé de Milmonts, contenant la chiromencie, etc. *Rouen*, 1688, in-8, maroq. vert, fil., tr. dor. (*Derome.*)

126. Nouveaux entretiens sur les sciences secrètes, ou le comte de Cabalis renouvelé et augmenté. *Cologne*, 1691, pet. in-12, d.-rel. veau, avec coins, n. rog.

IV. *Ecriture. — Art militaire.*

127. Lo PRESENTO IIBRO insegna lo vera arte de lo excellête scrivere de diverse varie sorti. *Stampato in Vinegia.* 1536, in-4, d.-rel. mar. rouge.

Jolies figures de lettres historiées en divers genres.

128. 𝕱𝖑𝖆𝖛𝖊 𝕯𝖊𝖌𝖊𝖈𝖊 𝕽𝖊𝖓𝖊/ homme noble et illustre ;du fait de guerre et fleur de chevalerie, quatre livres. *A Paris, par Chrestien Wechel*, 1536, in-fol., vélin.

Bel exemp. à toutes marges.

129. L'ART ET SCIENCE de la vraye proportion des Lettres Attiques, par maistre Geoffroy Tory, de Bourges. *On les vend à Paris, par Vivant Gaultherot*, 1549, in-8, mar. rouge, tr. dor. *Figures.*

130. LIBRO di M. Giovam Battista Palatino.... nelqual s'insegna à scriver ogni sorte lettera, antica e moderna. *In Roma, per Valerio Do-*

rico, 1561, in-8, v. rac. (*Figures de lettres ornées.*)

> Taches au fond de la marge.

131. INSTRUCTION DE TOUTES MANIÈRES DE GUERROIER, tant par mer que par terre, par George Vivien d'Anvers. *Imprimé à Anvers, par Jan van Ghelen, s. d.* (1563), in-12, v. m. fil.

> Charmant volume imprimé en caract. ronds, gothiques, italiques et de civilité.

BEAUX-ARTS.

I. *Vies des peintres et architectes. — Dictionnaires.—Traités divers.*

132. LA VIE DES PEINTRES FLAMANDS, allemands et hollandais, avec des portraits gravés en taille-douce, par Descamps. *Paris, Ant. Jombert,* 1753-63, 4 vol. in-8, rel. en v. marb.—Voyage pittoresque de la Flandre et du Brabant. *Paris,* 1769, in-8, *fig.*, rel. en v. marb.

> Très-bel exemp., grand de marges, avec les portraits de prem. épreuves. Reliure uniforme des 5 vol.

133. Dictionnaire des monogrammes, chiffres, lettres et initiales, etc., trad. de l'allemand de Christ (par Sellius). *Paris,* 1790, in-8, *fig.*, rel. en v. marb.

134. Réflexions critiques sur la poésie et sur la peinture, par l'abbé Du Bos. *Paris,* 1770, 3 vol. in-12, rel. en v. marb. fil.

> Exemp. aux armes de MME ELISABETH, et ayant fait partie de sa bibliothèque.

135. Idée générale d'une collection d'estampes, avec une dissertation sur l'origine de la gravure et sur les premiers livres d'images (par le baron de Heineken). *Leipsic et Vienne*, 1771, in-8, maroq. bl. fil. tr. dor., avec 28 gravures sur bois.

136. Dictionnaire des beaux arts, par Millin. *Paris, Crapelet*, 1806, 3 vol. in-8, dem.-rel. v.

137. Essai sur l'origine de la gravure en bois et en taille-douce, et sur la connaissance des estampes des xve et xvie siècles, par Jansen. *Paris*, 1808, 2 vol. in-8, avec 19 grandes planches, dem.-rel. bas.

138. A Bibliographical antiquarian and picturesque tour in France and Germany, by Tho. Frog. Dibdin. *London*, 1821, 3 vol. in-8, *fig.*, dem.-rel. v. fauve, n. rog.

> Exemp. en grand papier vélin, figures de bonnes épreuves; les vignettes du texte sont sur papier de Chine; bel exem.

139. Manuel des amateurs d'estampes, contenant une notice sur la gravure, et conseils aux amateurs pour former une bonne collection d'estampes, par J.-C.-L. M... *Paris, Fouçault*, 1821, in-12, br.

140. Histoire de la vie et des ouvrages des plus célèbres architectes du xie siècle jusqu'à la fin du xviiie, par Quatremère de Quincy. *Paris*, 1830, 2 vol. gr. in-8, *fig.*, cart., n. rog.

141. Cahiers d'instructions sur l'architecture, la sculpture, les meubles, les armes, les ustensiles et la musique de l'antiquité et du moyen-âge,

par J. Gailhabaud. *Paris,* 1846, gr. in-8, *figures nombreuses,* dem.-rel. v.

142. Essai historique, philosophique et pittoresque sur les danses des morts, par H. Langlois. *Rouen, Lebrument,* 1852, 2 vol. gr. in-8, avec 48 fig. sur bois, br.

II. *Figures de la Bible. — Danse des morts.*

143. FIGURES DE LA BIBLE (Bibels Tresoor), par Christof. van Sichem. *Amsterdam,* 1646, in-4, dem.-rel. v.

> Très-beau livre, contenant 798 figures sur bois, d'un style remarquable et d'un grand intérêt au point de vue des costumes et de l'ornement. L'exemplaire est un peu piqué à quelques feuillets; d'autres sont remontés. Belles épreuves.

144. **Paſſional Chriſti** und Antichristi. *S. l. n. d.,* in-4, goth. cart. (*Curieuses figures sur bois.*)

> Exemp. grand de marges.

145. HEXASTICHON Sebastiani Brant in memorabiles evangelistarz figuras. *S. l. n. d.,* car. ronds, *figures sur bois singulières,* in-4, dem.-rel. v. bleu.

146. Passio Jesu Chrî amarulenta. *Coloniæ, officina Quenteliana,* 1526, in-8, v. fauve, fil. (*Fig. sur bois.*)

147. IMAGINES MORTIS. *Cologne, Birckmann,* 1555. — PICTA POESIS. *Lugduni, Math. Bonhomme,* 1552, 2 tom. en 1 vol. in-12, v. estamp. (*Anc. rel.*)

> Figures d'Holbein.

148. La Danse des Morts. Todten-Tantz, wie derselbe in der Stadt Basel, als ein Spiegel menschlicher Beschaffenheit, gantz kanstlich gemahlet und zu schen ist. Nachdem Original in Kupffergebracht, von M. Merian. *Francfort-a-M., s. d.*, in-4, br., *fig.*

149. Justi Lipsi de Cruce libri tres. *Lutetiæ. Paris.*, 1598, in-8, vél. *Fig. de Léon. Gaultier.*

> Exemp. portant sur le titre la signature autographe de LÉONARD GAULTIER.

III. *Figures emblématiques.*

150. Discours sur la castramétation et discipline militaire des Romains, escript par Guillaume du Choul, gentilhomme lyonnois. *Lyon*, 1555. — Discours de la religion des anciens Romains, par le même. *Lyon*, 1556, in-fol, avec un grand nombre de figures, rel. en vél.

151. *Le Pegme* de Pierre Coustau, avec les narrations philosophiques, mis de latin en françoys par Lanteaume de Romieu. *A Lyon, par Bart. Molin,* 1560, in-8, v. (*Figures sur bois.*)

152. ACHILLIS BOCCHII symbolicarum quæstionum. *Bononiæ,* 1574, in-4, maroq. citron, fil. tr. dor. (*Genre Derome.*)

> Jolies figures retouchées par Augustin Carrache.

153. Omnia Andreæ Aliciati V. C. emblemata ; cum commentariis per Claudium Minoem, Divionensem. *Antuerpiæ, Ch. Plantin,* 1577, in-8, v. fauve, *figures sur bois.* (*Ancienne rel.*)

154. Hadrianii Junii medici emblemata, ad D.
Arnoldum Cobelium. *Antuerpiæ, Plantin,*
1565. *Figures sur bois.* — Demosthenis de
Syntaxi, cum interpretatione Nicolai Sevini.
Parisiis, 1605, 2 tom. en 1 vol. in-8, vélin.
(*Piqûres.*)

> Exemp. avec une note autographe signée de Boileau,
> de la Sorbonne, frère du célèbre poète.

155. Quinti Horatii Flacci emblemata. *Antuerpiæ, P. Lisaert,* 1612, in-4, vél. (*Nombreuses
figures sur cuivre de* Otto Venius.)

156. La domo sacra, rappresentatione di Gio. Babt.
Andreino Fiorentino; à la reine Marie de Mé-
dicis. *Milano,* 1613, in-4, avec 40 grav. rel. en
v. rac. n. rog.

157. Emblemata Florentii Schoonnovii J.-C.
Gondani, partim moralia, partim etiam civilia.
Amstelodami, 1648, in-4, fig. à mi-pag., dem-.
rel. bas.

158. Cento Favole bellissime dei più illustri antichi e moderni autori greci e latini, scielte da
M. G. Mario Verdizotti. *Venetia,* 1661, pct.
in-4, v. m. (*Figures sur bois.*)

> Légères taches.

159. L'Art des emblèmes, où s'enseigne la morale
par les figures de la fable, de l'histoire et de la
nature; ouvrage enrichi de près de 500 figures,
par le P. Menestrier. *Paris, La Caille,* 1684,
in-8, v. ant. fil., dent. à froid.

IV. *Costumes, Portraits, etc.*

160. Habiti antichi, overo Raccolta di figure delineate dal gran Titiano, e da Cesare Vecellio suo fratello. *In Venetia,* 1664, in-8, dem-.rel. mar. bleu. (*Figures sur bois.*)

161. Bibliotheca chalcographica, hoc est virtute et eruditione clarorum virorum imagines, collectore Jano-Jacobo Boissardo sculptore, Theodoro de Bry primum editæ. *Heidelberg,* 1669, in-4, v. (*Figures sur cuivre.*)

Très-belle suite de portraits finement gravés. Quelques feuillets écornés jusqu'aux gravures.

162. **Der Weis Kunig.** (Histoire des faits de l'empereur Maximilien Ier, avec les figures sur bois de Burgmair.) *Wien,* 1775, in-fol., dem.-rel. v. (*Belles gravures en bois.*)

163. Costumes des représentants du peuple francais, membres des deux Conseils, du Directoire exécutif, des ministres, des tribunaux, des messagers d'état, huissiers, etc. 15 planches coloriées, avec un texte par Grasset Saint-Sauveur. *Paris,* 1795, in-8, rel. en mar. rouge, fil. tr. dor.

Sur les plats de cet exemp. est écrit : *Egalité,* entouré de l'ornement des armes d'un maréchal de France. (Remboitage.)

164. Recueil de portraits, dont 3 par Albert Durer, et les autres par Ficquet, Lepicié, Petit, Nanteuil, etc., avec l'adresse d'Odieuvre. In-4 et in-8, n. r.

On ajoutera à ce lot un Christ en croix de Martin Schoen, et diverses autres gravures.

165. Thomæ Garzoni Piazza universale. *Franc-fort*, 1641, in-4, fig., rel. en vél. (*Texte en allemand.*)

V. *Livres anglais illustrés.*

166. The amulet, a christian and litterary, Re-menbrancer, edited by S.-C. Hall. *London*, 1832–1833 et 1834. — The litterary souvenir, edited by Al.-A. Watts. *London*, 1832-33. — Forget Me not : a Christmas, new years, and birthday present, edited by Fred. Shoberl. *London*, 1832-33 ; ens. 7 vol. in-12, jolies figures anglaises, cart. en percaline et en soie moirée, tr. dor.

167. The Tourist in Switzerland and Italy, by Th. Roscoe, illustrated from drawing by S. Pront. *London*, 1830-34, 5 vol. in-8, rel. en maroq. vert, fig. anglaises, tr. dor.

168. The Keepsake for 1831, 1832, 1833. 3 vol. in-8, jolies grav. anglaises, cart. en soie rose moirée, tr. dor.

169. Notices and Anecdotes illustratives of the incidents characters and scenery described in the novels and romances, of sir Walter-Scott. *Paris, Baudry,* 1833, gr. in-8, rel. en maroq. bleu, fig. plaque à froid, tr. dor.

> Joli volume, avec un grand nombre de charmantes gravures anglaises avant la lettre.

170. Travels of an irish gentleman in Search of a religion, with notes and illustrations by Th. Moore. *Paris,* 1835, in-8, rel. en v. ant., fil. dent. à froid, tr. dor. (*Bibolet.*)

171. Galerie des artistes anglais, depuis Hogarth jusqu'à nos jours, ou suite de 288 gravures de leurs productions les plus estimées, par Hamilton. *Paris, Baudry*, 1837, 4 vol. pet. in-8, dem.-rel. percaline, n. rog.

172. A Treatise on wood engraving historical and practical, with upwards of three hundred illustrations engraved on wood, by J. Jackson. *Lon don*, 1839, gr. in-8, avec un très-grand nombre de figures, dem.-rel. dos et coins en maroq. vert, n. rog., dor. en tête.

173. Illustrations of Shakspeare, an of ancient manners, with dissertations on the clowns fools of Shakspeare, by Fran. Douce. *London*, 1839, in-8, *figures sur bois*, cart. en percaline, n. rog.

174. Finden's illustrations to the life and work of lord Byron, with original and selected information on the subjects of the engravings, by Brockedon. *London, Murray*, 2 vol. gr. in-8, pap. vél. dem.-rel. dos et coins en maroq. vert, n. rog., dor. en tête, gravures anglaises.

BELLES-LETTRES.

I. *Dictionnaires. — Rhétorique. — Histoire du langage, etc.*

175. JANUA (*Joannes* Balbus de). Incipit summa que vocât catholicon, edita a fratre iohanne de ianua ordinis fratz predicatorz, etc. —*Hic liber egregius, catholicon, duice incarnacionis annis* mccccLx (1460), *alma in urbe maguntina nacionis inclite germanice... impressus atq͞ confectus est.* Gr. in-fol. goth. maroq. mar. fil.

> Première édition très-précieuse, que l'on attribue, non sans quelque fondement, dit Brunet, à Gutenberg. Exemp. complet, sur papier, avec témoins en queue, mais court dans la marge latérale. Le dernier feuillet est remonté. Haut.: 400 mill.; larg.: 245 mill.

176. FICHET (*Guillaume*) Rhetoricorum libri III. *In Parisiorum Sorbona* (*Ulricus Gering, Martinus Crant͡z, et Michel Friburger*)*, s. a.* (*circa* 1470), pet. in-4, caract. ronds, à longues lignes, au nombre de 23 sur les pages, maroq. rouge à compart. dent. doublé de tabis. tr. dor. (*Belle rel. mod.*)

> Édition rare, la seule que l'on ait de cet ouvrage. C'est une des premières productions de l'imprimerie parisienne. C'est l'auteur même de ce livre, recteur de l'Université en 1469, qui fit venir à Paris les trois imprimeurs allemands indiqués au titre : ils firent leurs premiers essais à la Sorbonne. Le présent exemp., bien complet, est d'une conservation admirable. Il est enrichi de plusieurs lettres ornées et de bordures peintes en miniature. Il fut envoyé par Fichet à Pierre, abbé de Clairvaux, ainsi que le constate une note autographe de l'auteur écrite sur la garde du livre, et une autre à la fin du volume.
> Une autre note d'une écriture plus moderne, placée à la fin de l'ouvrage et soigneusement écrite, dit que cet exemp. est le plus beau qui existe. Les fautes d'impression sont corrigées de la main même de l'auteur. Haut.: 212 mill. 1/2; larg.: 140 mill.

177. Traité touchant le commun usage de l'escriture françoise, faict par Loys Meigret, Lyonnois. *Paris, Jeanne de Marnef*, 1545, in-8 maroq. rouge, tr. dor. (*Duru.*)

Haut.: 160 mill.

178. La Défense et illustration de la langue françoise..., le tout par Joach. du Bellay. *Paris, F. Morel*, 1561, pet. in-4, maroq. rouge à comp. fil. tr. dor. (*Belle rel. mod.*)

Avec plusieurs autres opuscules poétiques du même auteur. Édition originale.

179. La Déclaration des abus que l'oncommet en escrivant et le moyen de les éviter, et representer nayvement les paroles, ce que jamais homme n'a faict, par Honorat Rambaud, maître d'Escole à Marseille. *Lyon, Jean de Tournes*, 1578, in-8, v. fauve, fil. tr. dor. (*Bauzonnet.*)

Ouvrage singulier fort rare. On y a fait usage de caractères nouveaux très-bizarres et fondus exprès pour l'auteur. Très-bel exemp.

180. Receuil de l'origine de la langue et poesie françoise, ryme et romans, plus les noms et sommaire des œuvres de cxxvii poetes françois, vivans avant l'an MCCC. *Paris, Mamert Patisson, au logis de Robert Estienne*, 1581, in-4, dem.-rel. v. (*Mouill.*)

181. Deux Dialogues du nouveau langage françois, italianizé et autrement desguizé, principalement entre les courtisans de ce temps. *Anvers, G. Niergue*, 1583, in-12, maroq. rouge, fil., tr. dor. (*Thomson.*)

Ouvrage très-curieux pour l'histoire de la langue française et des mœurs au xvie siècle.

182. Ars signorum, vulgo Character universalis et lingua philosophica. *Londini*, 1661, in-12, maroq. brun à fil. et coins ornés, tr. dor.

Exemp. de Ch. Nodier.

183. Joh. J. Becheri Character, pro notitia linguarum universali. *Francofurti,* 1661, p. in-8, mar. vert, fil. comp., tr. dor. (*Front gravé.*)
Reliure de Bauzonnet. Exemp. de Ch. Nodier.

184. Les Origines de quelques coutumes anciennes et de plusieurs façons de parler triviales, avec un vieux manuscrit en vers touchant l'origine des chevaliers bannerets. *Caen*, 1672, in-12, mar. rouge, fil., tr. dor. (*Duseuil.*)
L'auteur est *De Brieux*. Cet exemp. est aux armes.

185. Traicté de la conformité du language françois avec le grec, par Henri Estienne. *S. l. n. d.* (*Henri Estienne*), in-8, vélin. (*Bauʒonnet.*)
Haut.: 157 mill. Lég. mouill.

186. Le Dictionnaire des Halles, ou Extrait du Dictionnaire de l'Académie françoise. *Bruxelles* (*à la Sphère*), 1696, in-12, veau fauve, fil., tr. dor. (*Capé.*)

187. Glossarium eroticum linguæ, sive theogoniæ legum et morum nuptialium apud Romanos explanatio nova. *Parisiis*, 1826, gr. in-8, br.

188. Essai sur l'origine de la langue française et sur un recueil de monumens authentiques de cette langue, par G. Peignot. *Dijon*, 1837, in-8, br.

189. Les Excentricités du langage français, par Lorédan - Larchey. *Paris*, 1864, 2ᵉ édit., gr. in-12, avec une eau-forte, br.

II. *Poëtes et prosateurs grecs et latins, anciens et modernes.*

190. Auli Gellii noctium atticarum commentarii

Impressi Venetiis, per Nicolaum Jenson, 1472, in-fol. mar. rouge, fil., tr. dor. (*Lég. racc.*)

Très-beau de marges.

191. LAUDIVII EQTIS IIIEROSOLYMITANI ad Francinù Beltràdû in epistolas magni Turci prefatio. (In fine:) *Rome, impresse in domo nobilis viri Johannis Philippi de lignamîe,* 1473, in-4, mar. vert, fil., tr. dor.

Haut.: 196 mill.

192. INCIPIT LUCII ANNEI SENECÆ cordubensis liber de moribus in quo notabiliter et eleganter vitæ mores enarrat. (A la fin:) *Neapoli, Moravus,* 1475, in-fol., cuir de Russie, dent., tr. dor.

Edition princeps très-rare. Bel exemp. vendu près de 900 fr. en 1859.

193. MARTIALIS (*Valerius*). Epigrammata (cum comment.). *Venetiis, per Baptistam de Tortis,* 1482, in-fol., caract. ronds, veau fauve. (*Anc. rel.*)

Quelques piqûres.

194. OVIDIUS. (Art d'aimer, en allemand.) *Strasbourg, Schotten,* 1484, in-fol. goth., vélin. (*Quelques 1 acc. et mouill.*)

Curieuses figures sur bois.

195. PAULI FLACCI PERSII poetæ satirarum opus. (In fine:) *Venetiis, per Dionysium de Bertochis et Pelegrinû de paschalibus Bononienses,* 1484, pet. in-fol. caract. ronds, mar. vert, dent., doublé de tabis, tr. dor. (*Genre Derome.*)

Très-bel exemp. de cette rare édition, dont le Manuel ne parle point.

196. TERENTI cû directorio vocabulorû, sententiarû, artis comice, Glosa interlineari... *Impressum in Argentina, per Johannê Gruninger,* 1496, pet. in-fol., mar orange, fil., tr. dor., fig. sur bois remarquables. (*Belle rel. angl.*)

Raccommodages enlevant un peu de texte (rétabli à la main) au feuillet chiffré 1; autres petits raccomm.

197. Horacii Flacci venusini poetæ lirici cù quibusdam annotatôib... *Argentina, opera... viri Johánis Reinhardi, cognomêto Gürninger,* 1498, pet. in-fol. mar. orange, fil., tr. dor. (*Belle rel. angl.*)

Nombreuses et remarquables figures sur bois. Titre courant rogné en partie. Quelques raccommodages, notamment au titre, qui est remonté en marge.

198. Stultifera navis..., per Sebast. Brant. vernaculo vulgarizq, sermone et rhytmo... (A la fin :) *Basilaec opera et impensis Johannis Bergman de Olpe, anno M.CCCC LXXXXVIII,* pet. in-12, d.-rel. v. fauve. (*Nombr. et curieuses figures sur bois.*)

199. Silvii Æneæ poetæ qui postea sùmi pontificatus gradû adeptus pius ê appelatus Historia de duobus amâtibus, cû multis epistolis amatoriis ad Marianum côpatriotä suü fœliciter incipit. *S. l. n. d.,* caract. ronds, in-4, vél.

Edition rare en caractères ronds ; 25 lignes par page. Signat. *a-d ; a* par 8 ff., *b* par 10, *c* par 8, *d* par 8. Signat. autogr. de Walcknaer au crayon. Lég. piqûres et raccomm.

200. L. et M. Annæi Senecæ, tragediæ, cum notis Th. Farnabii, mar. rouge, ornem. sur les plats, avec ces mots : Ex dono V. D. Claudi Tisserand. *Amsterdami, J. Jansson, s. d.,* in-12, tr. dor. (*Anc. rel. curieuse.*)

201. OPERA HROSVITE (seu Hrosvithæ), il-
lustris Virginis et monialis germane gente
saxonica orte, nuper a Conrado Celte inventa.
Norimbergæ, 1501, in-fol., maroq. rouge,
large dent , fil., tr. dor. (*Boʒerian.*)

> Bel exemp. de cette édition PRINCEPS, qui est ornée de
> 7 grandes figures sur bois très-remarq.; haut.: 3 12 m.

202. P. OVIDII metamorphosis cû luculentissimis
Raphaelis Regii enarrationibus. *Venetiis, J. de
Tridino, alias Tacunus*, 1509, in-fol., cart.
(*Mouill.*)

203. Navicula, sive speculum fatuorum (autore
Joan. Beylerkey). *Argentorati*, 1511, in-4,
figures curieuses sur bois, dem.-rel. v. bl.

204. STROZII POETÆ pater et filius. *Venetiis, in
ædibus Aldi,*, 1513, in-8, maroq. rouge, fil.
tr. dor. (*Derome.*)

> Haut.: 162 mill.

205. **Les Eneydes de Virgille/** translatez
de latin en françois par Messire Octavian de
Sainct Gelays. (A la fin:) *Imprimeʒ à Paris, par
Michel le Noir*, 1514, pet. in-fol. goth. à 2
colon. v. (*Trop rogné en marge latér. piq.,
racc.*)

> Haut.: 255 mill.

206. Joan. Joviani Pontani Amorum libri II, etc.
Venetiis, in ædibus Aldi, 1515, pet. in-8,
mar. rouge, fil. comp. tr. dor. (*Genre Boʒerian.*)

207. **Eyn buch so Marcus Tullius Cicero**
der Rômer zu seinem Sune Marco... *Augs-*

purg, *H. Stayner*, 1531, in-fol., vél. (*Figures sur bois.*)

> Première édition (du 29 avril) de cette version faite par J. Huber. Les 103 figures de ce beau livre sont de Burgkmaier.

208. M. Tullii Ciceronis de officiis lib. III. *Antuerpiæ*, 1553, gr. in-12, mar. rouge, à comp. fil. tr. dor. (*Pasdeloup.*)

209. Arcadia di Messer Giac. Sannazaro di nuova ristampata da Lod. Dolice. *Vinegia*, 1556, pet. in-8, vél.

210. LES QUINZE LIVRES DE LA METAMORPHOSE d'Ovide interpretez en rime françoise, selon la phrase latine, par François Habert d'Yssouldun en Berry. *Paris, Kerver*, 1557, in-8, maroq. vert, tr. dor. (*Ancienne rel.*)

> Petit raccomm. en haut du titre. Haut.: 160 mill.

211. M. Accii Plauti comœdiæ viginti. *Antverpiæ, Plantin*, 1566, in-12, mar. rouge, fil., tr. dor. (*Aux armes.*)

212. Noctuæ speculum omnes res memorabiles... authore Ægidio Periandro. *Francofurti ad Mœnum*, 1567, in-12, veau fauve, fil., tr. dor. (103 *fig. sur bois.*)

213. D. Junii Juvenalis satyrarum libri V. A. Persii Flacci satyrarum liber I. *Antuerpiæ, Plantin*, 1585, in-16, mar. rouge, fil., tr. dor. (*Anc. reliure.*)

> Aux premières armes de DE THOU.

214. Luc. Apulée. De l'Ane d'Or, XI livres; traduit en françois par J. Louveau, d'Orléans. *Paris, Nicolas Bonfons*, 1586, in-16, mar. brun, fil., tr. dor. *Fig. sur bois.* (*Anc. reliure.*)

215. Publilii Optatiani Porphyrii panegyricus dictus Constantino Augusto, ex codice manuscripto Paulli Velserii. *Augustæ - Vindelicorum*, 1595, in-fol., vél.

> Petit poëme latin en acrostiches très-compliqués : c'est vraisemblablement (dit Brunet) le plus ancien monument qui nous reste de ces sortes de jeux d'esprit.

216. Operum poeticorum Nicodemi Frischlini... comœdiæ septem. *Witebergæ*, 1596, in-8, veau fauve, fil.

217. Sulpitii Severi opera omnia quæ extant. *Lugd.-Batavorum*, *Elzevir.*, 1643, in-12, mar. bleu, coins ornés, dent. intér., doublé de tabis rose, tr. dor. (*Bozerian?*)

> Haut.: 130 mill. 1|2.

218. Homeri Ilias et Odyssea, sive interpretatio Dydimi. *Amstelodami, ex officinâ Elzevir.*, 1656, 2 vol. in-4, front. gravé, réglé, veau marb., fil., tr. dor.

> Haut.: 231 mill.

219. La Pharsale de Lucain, ou les Guerres civiles de César et de Pompée, en vers françois, par M. de Brebeuf. *A Leide, chez Jean Elzevier*, 1658, pet. in-12, maroq. lilas, dent., tr. dor., chiffre. (*Rel. de Simier.*)

220. Fabulæ variorum auctorum, nempe Æsopi fabulæ græco-latinæ 297, etc. *Francofurti*, 1660, pet. in-8, vél. (*Nombreuses fig. sur bois.*)

221. M. Val. Martialis ex Museo, Petri Scriverii. *Amstelodami, typis Danielis Elzevirii*, 1664, in-16, rel. en mar. vert, fil., tr. dor. (*Front. gravé.*)

222. Phædri, Augusti Cæsaris liberti, fabularum æsopiarum libri quinque, notis perpetuis illustrati et cum integris aliorum observationibus à Joan. Laurentio. *Amstelodami,* 1667, in-8, grav. à mi-pages, rel. en veau, fil.

223. F. Cornelii Curti Augustiniani de clavis Dominicis liber, curæ seconda ; editio novissima, emendata, et figuris, etc. *Antuerpiæ,* 1670, pet. in-12, mar., fil., tr. dor., fig.

224. Plauti comœdiæ, accedit commentarius, ex variorum notis et observationibus, ex recensione Gronovii. *Amstelodami,* 1684, in-8, rel. en joli vélin.

225. C. Cornelii Taciti opera quæ extant, ex recensione et cum animadvertionibus Theod. Rickii. *Lugduni, Jac Hackium,* 1687, 2 vol. in-8, rel. en mar. violet, fil., tr. dor. (*Exempl. in-12, tiré in-8 sur pap. fin, rel. par Thouvenin.*)

226. La Satyre de Petrone, trad. en francois, avec le texte latin, suivant le nouveau manuscrit trouvé à Bellegrade en 1688. *Cologne,* 1694, 2 vol. in-12, v. fauve. (*Aux armes.*)

227. Esope en belle humeur, ou Dernière traduction et augmentation de ses fables en prose et en vers. *Brusselles,* 1700, 2 vol. in-12, fig. à mi-pages, rel. en veau granit.

228. Les Amours pastorales de Daphnis et Chloé, avec figures. *S. l.,* 1718, in-12, mar. rouge, tr. dor. (*Anc. rel.*)

Jolies figures exécutées par Audran. Edition dite du Régent. La planche des *petits pieds* ne se trouve pas dans cet exemp., qui est reglé et beau de marges; haut. : 156 mill.

229. Marcelli, Palingenii Stellati poetæ, zodia-
cus vitæ, id est de hominis vita, studio, ac moribus optime instituendis libri XII. *Rotterdami,*
1722, pet. in-8, mar. rouge, fil., tr. dor. (*Anc.
rel.*)

230. QUINTI HORATII FLACCI opera. *Londini, Johannes Pine,* 1733, 2 vol. gr. in-8, mar. rouge,
dent., tr. dor. (*Figures en taille-douce.*)
Premier tirage.

231. Grobianus et Grobiana, auctore Fred. Dede-
kindo, libri tres. *Hardervici,* 1750, pet. in-12,
v. fauve.

232. Publii Virgilii Maronis Bucolica, Georgica
et Æneis. *Londini, Sandby,* 1750, 2 v. in-12,
maroq. rouge, fil. tr. dor. *fig.* (*Derome.*)

233. Ocellus Lucanus, en grec et en françois, avec
des dissertations, par le marquis d'Argens.
Berlin, 1762, in-12, maroq. vert, fil. tr. dor.
(*Derome.*)

234. LUCRÈCE De la nature des choses, traduction nouvelle, avec des notes par L(a) G(range).
Paris, Bleuet, 1768, 2 vol. gr. in-8, maroq.
rouge, fil. tr. dor. (*Derome.*)

235. Joannis Meursii elegantiæ latini sermones,
seu Aloisia, etc. *Birminghaniæ,* 1770, 2 vol.
in-12, maroq. rouge, fil. tr. dor. (*Derome.*)

236. Les Amours pastorales de Daphnis et Cloé,
trad. du grec de Longus par Jacq. Amyot.
Londres, 1779, in-12, fig. av. la lettre, rel. en
maroq. violet, dent. fil. tr. dor.
Exemp. aux armes de France. Bel exemp. en papier
fin de Hollande, dentelle fleurdelisée.

237. Les Œuvres d'Hésiode, trad. nouvelle par
Gin. *Paris*, 1785, in-12, pap. vél. rel. en maroq.
vert tendre, dent. fil. tr. dor.

238. QUINQUE ILLUSTRIUM POETARUM aut. Panor-
mitæ; Ramusii. Ariminensis; Pacifici Maximi,
Asculani; Joan. Joviani Pontani; Joan. Secundi,
Hagiensis-Lusus in Venerem. *Parisiis*, 1791,
in-8, maroq. rouge. dent. doublé de satin vert
pâle, tr. dor.
Exemp. de CH. NODIER.

239. Élégies de Tibulle, par Mirabeau, avec 14
figures. *Paris*, 1798, 3 v. in-8, maroq. rouge,
fil. tr. dor.

240. Erotopægnion, sive Priapeia veterum et re-
centiorum. *Lutetiæ-Parisiorum*, 1798, in-12,
fig., pap. vél. rel. en v. fil. tr. dor.

241. Elégies de Properce, traduites dans toute
leur intégrité, avec des notes interprétatives du
texte et de la mythologie de l'auteur et des fig.
grav. sous la direction de Poncé d'après les
dessins de Marillier; nouvelle édit. revue par
Delongchamps. *Paris, Duprat*, 1802, 2 vol.
in-8, pap. vél., fig. rel. en v. fauve, fil. dent.
tr. dor.

242. Traduction complète des poésies de Catulle,
suivies de poésies de Gallus et de la Véillée des
fêtes de Vénus, par Noel. *Paris, Imp. de
Crapelet*, 1803, 2 vol. in-8, pap vél. rel. en
v. rac. fil.

243. Odes d'Anacréon, traduites en vers sur le
texte de Brunck, par J.-B. de Saint-Victor. *Pa-*

ris, Nicolle, 1818, in-8, mar. roug., dent. tr.
dor. fig. (*Simier.*)

Les figures sont de Girodet et de Bouillon.

244. Satires de Perse, traduites en français par
Selis; nouvelle édit. avec des notes par Achaintre. *Paris, Dalibon*, 1822, in-8, pap. vergé
fin, rel. en v. fauve, fil. et dent. à froid, tr. dor.
(*Thouvenin.*)

245. Œuvres complètes d'Horace, trad. en français par Ch. Battieux ; édit. augmentée d'un
commentaire par Achaintre. *Paris, Dalibon*,
1823, 3 vol. gr. in-8, pap. vél. fort, dem. rel.
maroq. n. rog., dor. en tête.

246. Satires de Juvenal, trad. par Dusaulx ; 2e
édit. augmentée de notes par Achaintre. *Paris,
Dalibon*, 1826, 2 vol. in-8, br. (*Exemplaire en
grand pap. vél.*)

III. *Poésies Macaroniques.*

247. Opus Merlini Cocaii, poetæ Mantuani, Ma-
caronicorum..... *Tusculani, Apud. Lacum
Benacensem, Alexander Paganinus,* 1521,
in-16, vél. (*Figures sur bois.*)

248. Opus Merlini Cocaii, poetæ Mantuani, ma-
caronicorum. *Venetiis,* 1585, in-12, ch. br.
(*Figures sur bois.*)

249. Magistri Stopini poetæ ponzanensis capriccia
macaronica. *Venetiis,* 1651, in-16, v. f., fil. tr.
dor. (*Mouill.*)

Exemp. portant la signature de Scarron sur le titre.

250. Histoire maccaronique de Merlin Coccaie, prototype de Rabelais, avec l'horrible bataille des mouches et des fourmis. *Sans lieu*, 1734, 2 vol. pet. in-12, rel. en v. gran.

IV. *Poëtes français.*

251. **Le Libre de Matheolus**/ qui nous môstre sans varier :

> Les biens et aussi les vertus
> Qui viennent pour soy marier
> Et à tous faitz considerer
> Il dit que lhomme nest pas saige
> Si se tourne remarier
> Quant prins a este au passaige

S. l. n. d., in-4 goth. à 2 col., d.-rel. veau. (*Raccommod.*)

Edition non décrite. Signat. *a* par 8 ff.,—*b* par 4,—*d* par 8, — *e* par 4, — *g* par 8,—*h* par 4, — *i* par 4,—*k* par 4,—*l* par 4,—*m* par 4,—*n* par 4, et *o* par 4. Le texte gothique est à 2 colonnes de 38 lignes par colonne, sans réclames ni pagination. Voici les trois derniers vers :

> Donques vueillez de cueur entier
> Retenir le meilleur sentier
> Et laisser le mal sll vous plaist
> FINIS

Haut. : 175 mill. ; larg.: 125 mill.

252. **Le Songe du Vergier**/ lequel parle de la disputacion du clerc et du chevalier. (A la fin :) *Imprime a Paris, par le petit Laurens, pour Jehan Petit, libraire, s. d.* (vers 1500), in-fol. goth., mar. citron, dent., tr. dor. (*Padeloup.*)

Superbe exemp. réglé ; haut.: 267 mill.

253. **Le Vergier d'Honneur**/ nouvellement imprime a Paris. De lentreprinse et voyage de Naples, auquel est comprins comment le roy Charles huitiesme de ce nô, a baniere desployée, passa et repassa de journée en journée, depuis Lyon jusques à Naples et de Naples jusques à Lyon...., par reverend pere en Dieu monsieur Octavien de Sainct Gelais. *On les vend a Paris, en la grâd rue Sainct Jacques, a lenseigne de la Rose Blanche couronnée, s. d., in-4,* mar. rouge, tr. dor. (*Kœhler.*)

Haut. : 285 mill. Figures sur bois et titre encadré remarquable par son inconvenance. La croix de Lorraine se trouve au bas de cet encadrement.

254. **Les Abus du môde** (par Pierre Gringore). *Nouvellement imprime a Paris, s. d.* (vers 1520), pet. in-8, mar. rouge, fil., tr. dor. *Fig en bois sur le titre. (Kœhler.)*

Edition gothique imprimée à Rouen (72 feuillets). Léger raccomm.; haut. : 127 mill.; larg.: 86 mill.

255. **Cy commencent les menus propos** composez par Pierre Gringoire. *Nouvellement imprime à Paris, par Philippe le Noir,* 1525, pet. in-8 goth., mar rouge, fil., tr. dor. (*Anc. rel.*)

Raccommodages à quelq, feuillets. Taches et mouill. Figures sur bois; haut. : 147 mill. On trouve à la fin une pièce singulière qui a pour titre : Testament de Lucifer.

256. Le Rommant de la Rose, nouvellement reveu et corrige. *On les vend a Paris, par Galliot du Pré,* 1529, caract. ronds, pet. in-8, mar. vert, fil., tr. dor. (*Fig. sur bois.*)

Haut.: 130 mill. Exemp. réglé.

257. **𝕷𝖊𝖘 𝕱𝖆𝖎𝖈𝖙𝖟 𝖊𝖙 𝕯𝖎𝖈𝖙𝖘** de feu de bône memoire, Jehan Molinet : contenant plusieurs beaulx traictez (oraisons) et champs royaux. *On les vend a Paris, a la bouticque de Jehan Longis*, 1531, in-4 goth. réglé, veau mar., fil., tr. dor. (*Anc. rel.*)

Le titre est remonté en marges, mais il ne manque aucune partie du texte; haut.: 246 mill.; larg.: 170 mill. PREMIÈRE ÉDITION.

258. LE CHASTEAU DE LABOUR (par Gringore), auquel est contenu l'adresse de richesse et chemin de pouvrete. *Imprimé a Paris, pour Galliot du Pré*, 1532, in-12, mar. vert, coins ornés, fil., doublé de maroq. rouge, tr. dor. (*Thouvenin.*)

Lég. taches à quelques feuillets. Haut.: 124 mill.

259. LES ŒUVRES DE FRANCOYS VILLON de Paris, reveues et remises en leur entier par Clement Marot. *On les vend a Paris, par Alain Lotrian*, 1542, veau rac. (*Anc. rel.*)

Mouillures; haut.: 121 mill.

260. LES ŒUVRES DE CLÉMENT MAROT de Cahors. *A Paris, chez G. Thibout*, 1548, in-16, mar. vert, fil., tr. dor.

Témoins en gouttière; haut.: 112 mill.

261. BAIF. Les Amours,—les Jeux, — les Poëmes, — les Passetemps. *Paris, Lucas Breyer*, 1573, 4 vol. in 8, mar. vert foncé, fil. tr. dor. (*Duru.*)

Magnifique exemp.; haut.: 161 mill.; larg.: 104 m. Collection bien compl. de ces œuvres rares.

262. ANTITHESE DES FAICTS DE JESUS-CHRIST et du Pape mise en vers françois. *Imprimé l'an de*

grâce 1578, in-8, maroq. rouge, fil. tr. dor.

Exemp. de Viollet-Leduc. Fig. sur bois curieuses; haut.: 144 mill.

263. Les Mimes, enseignements et proverbes de Jan Antoine de Baïf. *Paris, Mamert Patisson,* 1581, in-12, maroq. bleu, dent. int., tr. dor.

Haut.: 135 mill. 1/2; larg.: 74 mill.

264. Les Œuvres de Guillaume de Saluste, seigneur du Bartas. *Paris, Jean Feuvrier,* 1583, 2 v. in-12, v., coins ornés. (*Mouill.*)

265. Les Œuvres poetiques de Remy Belleau, rédigées en deux tomes. *Paris, Mamert Patisson,* 1585, 2 tom. en 1 vol. in-12, mar. bleu, fil., tr. dor. (*Duru.*)

Charmant exemp.; haut.: 135 mill. Portr. ajouté.

266. Passerat (Recueil des Œuvres poétiques de Jan). *Paris, Abel l'Angelier,* 1606, in-8, v. fauve, fil. tr. dor. (*Kœhler.*)

Portrait de Passerat par Thomas de Leu en regard du premier feuillet; le recueil: *Kalendæ januariæ* (1606) est relié à la fin; haut.: 168 mill.

267. Les Œuvres de Philippe Desportes, abbé de Thiron. *Rouen,* 1611, in-12, maroq. vert, tr. dor. (*Titre gravé de Léon. Gaultier.*)

Haut.: 143 mill.

268. La Madeleine de F. Remi de Beauvais. *A Tournay,* 1617, in-8, maroq. bleu à compart. petits fers, dent. int., doublé de tabis rose, fig. de Thomassin. (*Courteval.*)

Superbe exemp. de Pixérécourt; haut.: 153 mill.

269. La Pvcelle, ov la France délivrée, poëme

héroïque, par Chapelain; 3ᵉ édit. revue et re-
touchée. *Paris, Courbé*, 1657, in-12 fig., v.
fauve, fil. tr. dor.

> Bel exemp. et très-bonnes épreuves.

270. Les Chansons de Gaultier Garguille, nouvelle édit. suivant la copie. *Londres*, 1658,
pet. in-12, fig. rel. en v. marb.

271. Les Œuvres de Théophile, divisées en trois
parties. *Paris, Nicolas Pepingué*, 1662, in-12,
maroq. rouge, fil. tr. dor.

> Haut.: 137 mill.

272. Les Satyres et autres œuvres du sieur Ré-
gnier. *A Rouen, et se vend à Paris, chez Louis
Billaine*, 1667, in-12, maroq. rouge, fil. tr.
dor. (*Kœhler.*)

> Haut.: 141 mill.

273. Le Virgile travesty en vers burlesques de
Monsieur Scaron, revu et corrigé, suivant la
copie. *Imp. à Paris*, 1668, 2 vol. in-12,
v. fauve, fil. tr. dor. (*Très-joli exemplaire avec
2 gravures.*)

274. Commentaires en vers françois sur l'École de
Salerne (par Jean de Milan), contenant les
moyens de se passer de médecine et de vivre
longtemps en santé, etc. *Paris, Gerv. Clouzier*,
1671, in-12, v. marb.

275. Le Faut-Mourir et les excuses inutiles qu'on
apporte à cette nécessité, par Jacques-Jacques, cha-
noine créé de l'église métropolitaine d'Ambrun
édit. augmentée des pensées sur l'éternité, le
tout en vers burlesques. *Lyon, J. Canier*, 1684,
in-12, v. viol. fil.

276. Alaric, ou Rome vaincue, poème heroïque,
par Scudéry. *Lahaye,* 1685, in-12, v. fauve,
fil. dent. tr. dor. (*Très-jolies gravures.*)

277. HYMNE NOUVELLE A L'HONNEUR
DE SAINT LOUIS, avec ses Maximes adressées
à son Auguste Fils et une paraphrase des Lita-
nies Royales, dédiées et présentées au Roy par
M. de Vertron, commandeur de l'ordre royal
de Notre-Dame-du-Mont-Carmel. *Manuscrit*
in-4, maroq. rouge, fil. tr. dor. (*Aux armes de
Louis XIV.*)

> Très-beau manuscrit sur vélin, attribué à JARRY,
> et enrichi de beaux dessins peints en miniature. Le
> texte est encadré de filets d'or.

278. La Madelaine au Désert de la Sainte-Baume,
en Provence, poème spirituel et chrétien, par
Pierre de Saint-Louis. *Lyon,* 1700, in-12, mar.
fil. tr. dor.

279. Œuvres poétiques de Mellin de Saint-Gelais.
Paris, 1719, in-12, maroq. vert, fil. tr. dor.
doublé de tabis jaune. (*Derome.*)

280. La Farce de maistre Pierre Pathelin, avec
son testament à quatre personnages ; nouvelle
édition. *Paris, Coustelier,* 1723, in-12, v.
fauve.

281. Œuvres de François Villon, avec les remarques de diverses personnes. *La Haye, A. Moetjens,* 1742, in-12, mar. bleu, tr. dor. (*Duru.*)

282. La Danse aux aveugles, et autres poésies du
XVe siècle, extraites de la bibliothèque des ducs
de Bourgogne. *Lille,* 1748, in-12, rel. en mar.
violet, fil., dor. en tête, n. rog. (*Koehler*).

> Exemp. au chiffre de A. Audenet.

3

283. Œuvres d'Etienne Pavillon, de l'Académie
françoise. *Amsterdam, Châtelain,* 1750, 2 vol.
in-12, pap. fort, mar. bleu, dent., fil., doublé
de tabis, tr. dor. (*Belle reliure.*)

> Exemp. de PIXÉRÉCOURT.

284. ŒUVRES DE MONSIEUR DESTOUCHES, de l'Académie françoise...., ornées de figures en taille-
douce. *Amsterdam*, 1755, 5 vol. in-12, mar.
bleu, fil., tr. dor. (*Capé.*)

> Haut.: 140 mill.

285. Poésies de Malherbe, rangées par ordre
chronologique, avec un discours sur les obliga-
tions que la langue et la poésie ont à Malherbe.
Paris, Barbou, 1757, in-8, rel. en veau mou-
cheté, fil., port.

286. Œuvres de Grecourt; nouvelle édition, soi-
gneusement corrigée et augmentée d'un grand
nombre de pièces qui n'avaient jamais été imprimées. *A Luxembourg*, 1761, 4 vol. in-12,
fig., rel. en mar. vert, fil., tr. dor. (*Exempl.
aux armes de Choiseul.*)

287. CONTES ET NOUVELLES en vers, par
M. de La Fontaine. *Paris*, 1762, 2 vol. in-8,
maroq. rouge, fil., coins ornés, tr. dor., fig.
(*Derome.*)

> Très-bel exemp., grand de marges et beau d'épreuves
> de cette édition des Fermiers généraux. La figure du
> Cas de conscience est couverte.

288. COLLECTION DES POETES, publiée par Coustelier. La Farce de maistre Pierre Pathelin.
Durand, 1762, 1 vol. — Les Œuvres de Jean
Marot. 1723, 1 vol. — Les Poésies de Martial
de Paris. 1724, 2 vol. — Poésies de Guillaume

Coquillart. 1723, 1 vol.—La Légende de maistre
Pierre Faïfeu, par Bourdigné. 1723, 1 vol. —
Les Œuvres de Fr. Villon. 1723, 1 vol.—Poésies de Guill. Cretin. 1723, 1 vol.—Les Œuvres
de Racan. 1724, 2 vol. Ens. 10 vol. in-12, rel.
en veau fauve, fil., tr. marbrée.

> La collection est uniforme de reliure, excepté les 2
> vol. de Racan, dont la reliure est un peu plus moderne
> et la tranche rouge. L'exemp. est très-beau et assez
> grand de marges.

289. Contes mis en vers (par Daquin de Chateau-
lieu). *Paris*, 1773, 2 tom. en 1 vol. in-8, veau.
(*Fig. d'Eisen et de Desrais.*)

290. Les Poésies de Charles d'Orléans. *Grenoble*,
Giroud, in-12, mar. rouge, fil., tr. dor. (*Exemp.
de Audenet.*)

290 *bis*. La Henriade de Voltaire, avec les va-
riantes. *Paris*, *Didot*, 1791, in-12, d.-rel. mar.
brun, n. rog.

> Exemp. sur VÉLIN.

291. Les Œuvres de Saint-Lambert. *Paris*, *Imp.
de Didot l'aîné*, 1795, 2 vol. pet. in-12, pap.
vél., rel. en mar. bl., dent., fil., tr. dor., doub.
de tabis. (*Exempl. de M. Walckenaer.*)

292. Fabliaux et Contes des poëtes français du
xie au xve siècle, publiés par Barbazan ; nouv.
édit. *Paris*, 1808, 4 vol. in-8, fig., rel. en v.
marb., fil.

293. Œuvres de Boileau, avec un nouveau commentaire, par Amar. *Paris*, *Lefèvre*, 1821,
4 vol. in-8, pap. vél., rel. en veau antique, fil.

294. Œuvres complètes de J. Delille ; nouv.
édit. *Paris, Michaud,* 1824, 16 vol. gr. in-8,
pap. vél., fig. de Girardot, *fac-simile,* cart. n.
rog.

295. Les Œuvres choisies de Parny. *Paris,* 1826,
2 vol. in-8 rel. en v. antique, fil., dent. à froid.
(*Bel exempl.*)

296. Chansons et Poésies diverses de Désaugiers ;
6ᵉ édit. *Paris, Lavocat,* 1827, 4 tom. en 2 vol.
in-12, fig. pap. vél., rel. en v. violet, fil., dent.
et plaque à froid.

> Le papier de quelques parties des vol. est un peu
> jauni et même piqué, petit défaut commun à tous les
> exemplaires de cette belle édition.

297. Chansons de Béranger, précédées d'une notice sur l'auteur par Tissot. *Paris,* 1829, 4
vol. in-12, pap. fin, d. -rel. maroq., fig., n. rog.

298. 𝕷𝖊 𝕽𝖊𝖇𝖔𝖚𝖗 𝖉𝖊 𝕸𝖆𝖙𝖍𝖊𝖔𝖑𝖚𝖘/ réimpres-
sion à petit nombre de l'édition de *Paris. Michel Lenoir,* 1518, in-8, cart. n. rog.

> Réimpression moderne.

V. *Poëtes et Prosateurs italiens.*

299. Incipit Epistola Francisci Petrarche de
insigni obedientia et fide uxoria Griseldis in
Waltherum. (In fine :) *Ulme, impressum per
Johanem Zeiner de Retlinger,* 1473, in-fol.,
d.-rel. en veau.

> Coins raccommodés ; fortes mouillures ; très-grand
> de marges.

300. HYPNEROTOMACHIA POLIPHILI,
ubi humana omnia non nisi somnium esse do-
cet, atque obiter plurima scitu sane quam digna
commemorat (opus a Francisco Columna com-
positum). *Venetiis, mense decembri* M.ID, *in
ædibus Aldi Manutii*, in-fol., fig. sur bois,
mar. bleu, dent. à froid, tr. dor.

> Très-bel exemp. de cette première édition, qui est
> fort rare. Les dessins sont attribués à Giovanni Bellini.
> La figure du sacrifice à Priape est intacte; haut.: 296
> mill. Celui de la vente Yemeniz était plus court: il a été
> vendu 960 fr.

301. **Lo illuſtro poeta Cecho Daſcoli:**
con comento novamento trovato: e nobilmente
historiato : revisto : e emendato. *Impresso in
Milano, per Johannem Angelo Scinȝenȝeler*,
1511, in-4, dem.-rel. maroq. r. (*Figures sur
bois.*)

> Le bas du titre est refait; quelques taches.

302. Ameto del Boccacio. (A la fin:) *Impreso in
Fiorenȝa, per gli heredi di Ph. de Giunta*,
1521, in-8, v. fauve, fil. tr. dor. (*Court de
marges en tête et piqué.*)

303. **Tragicomedia de Caliſto y Melibea.**
(A la fin:) *Sevilla, s. d.* (1523), in-8, vél.

> Edition gothique donnée par Alonzo de Proaza et
> ornée de charmantes figures sur bois. Bel exemp. à
> toutes marges.

304. La Fiametta del Boccaccio, per Messer Tiz-
zone Gaetano di Poſi novamente revista. *Vinegia, per Bern. di Vitale, anno* 1524, pet.
in-8, v. fau., fil. tr. dor. (*Kœhler.*)

305. Le Miseriè de li Amanti di Messer nobile

Socio. (*A la fin :*) *Stampata in Venezia, per maestro Bernardino de Vitali*, 1533, in-4, vél. (*Lég. piq. à la fin.*)

306. Il Decamerone di Messer Giovanni Boccaccio. *Stampata in Vinetia*, 1538, in-4, v. fauve, tr. dor.

Portrait de Boccace sur le titre; haut.: 210 mill.

307. Gli Asolani di M. Pietro Bembo. *In Vinegia, appresso Gualtero Scotto*, 1553, in-8, v. fauve, fil. tr. dor.

308. Poesie Volgari nuovamente stampate di Lorenzo de Medici, che fu padre di Papa Leone. *In Vinegia, Aldus*, 1554, pet. in-8, mar. rou., fil. tr. dor. (*Duru.*)

Haut.: 156 mill.

309. L'Amie des Amies, imitation d'Arioste... par Bérenger de la Tour d'Albenas en Vivarez. *A Lyon, de l'imprimerie de Robert Granson*, 1558, in-8, v. dent., tr. dor. (*Thompson.*)

Edition en caractères de civilité.

310. Il Petrarca, con l'espositione d'Alessandro Vellutello. *In Vinegia*, 1560, in-4, vél. (*Fig. sur bois.*)

311. Le Prose di M. Pietro Bembo. *In Vinegia, appresso Gabriel Giolito*, 1561. — Le Rime di M. Pietro Bembo. *In Vinegia*, 1569, 2 tom. en 1 vol. in-12, maroq. vert, fil. tr. dor. (*Kœhler.*)

Exemp. de Nodier. L'édition des *Proses*, à la date de 1561, est fort rare; haut. : 135 mill.

312. Cento novelle scelte da piu nobili scrittori della lingua volgare di Franc. Sansouino, nelle

quali Piacevoli, et aspi cosi damore et altri no-
tabili, etc. *In Vinegia*, 1566, in-4, gr. nombre
de figures sur bois, dem.-rel, bas.

313 Dante, con l'espositione di M. Bern. Daniello
da Lucca. *In Venetia, appresso Pietro da Fino,*
1568, in-4, vél. (*Portrait.*)

> Edition avec figures en taille-douce; mouillures et
> fortes piqûres au fon l des marges.

314. La Circé de M. Giovan-Baptista Gello, re-
veue par le seigneur du Parc. *Paris, Galliot
du Pré*, 1572, in-12, maroq. bleu, fil. coins
ornés, tr. dor. (*Tripon.*)

> Charmant exemp. beau de marges.

315. Dante, con l'espositione di Christoforo Lan-
dino. *In Venetia, appresso Giombattista, Mar-
chio Sessa et Fratelli*, 1578, in-fol. vél.
(*Mouill.*)

> Nombreuses figures sur bois.

316. Le xiii piacevole notti del S. Gio. Fr. Stra-
parola. *In Venetia*, 1580, in 8, v. rac. fil. (*Aux
armes.*)

317. Ragionamenti di M. Pietro Aretino. *S. l.*,
1584, 3 part. en 2 vol. in-8, maroq. bleu, coins
ornés, fil. tr. dor. (*Smith.*)

> Très-bel exemp. de cette édition rare.

318. Orlando furioso di M. Lodovico Ariosto,
nuovamente adornato di figure di Rame da Giro-
lamo Porro. *In Venetia*, 1584, in-1, veau et
maroq. à compart. fil. tr. dor. (*Figures sur
cuivre.*)

> Edition recherchée pour les annotations. Cet exemp.
> est bien complet. Quelques piqûres.

319. La Galatée, premièrement composée en italien par J. de la Case. (*Lyon*) *J. de Tournes,*
1598, in-12, v. (*Caractères français dits de
Civilité.*)

320. La Retorica delle putane, composta con-
forme li precetti di Cipriano. *In Cambrai*, 1642,
in-12, maroq. vert-foncé, fil. tr. dor. (*Derome.*)

    Bel exemp.; un nom légèrement gratté au bas du
titre; haut.: 139 mill.

321. Il Pastor fido, del sig. caval. Bapt. Guarini.
Leyde, Jean Elzevier, 1659, pet. in-12, fig., rel.
en v., fil., tr. dor. (*Bozérian.*)

322. Il decameron di messer Giovanni Boccacci.
Amsterdam (à la Sphère), 1665, in-12, mar.
rouge, dent., tr. dor. (*Thompson.*)

    Edition la plus rare et la plus recherchée; haut.: 145
mill.; larg.: 78 mill.

323. Il Puttanismo romano... con il nuovo Par-
latorio delle monache; satira comica di Baltas-
saro Sultanini. *In London, Buet*, 1669, in-12,
mar rouge, fil., tr. dor. (*Genre Derome.*)

324. Il Libro del Perché, la pastorella del Ma-
rino, la novella del Angelo Gabriello e la put-
tana errante di Pietro di Aretino. *A Pekin, nel
XVIII secolo*, in 12, v. fauve, fil., tr. dor.

325. LA GERUSALEMME LIBERATA di
Torquato Tasso. *Parigi, Molini*, 1783, 4 vol.
in-12, mar. rouge, dent., doublé de tabis, tr.
dor. (*Derome.*)

    Exemp. sur vélin.

326. La Gerusalemme liberata di Torquato
Tasso; stampata d'ordine di Monsieur. *Paris,*

Didot, 1784, 2 vol. in-4, mar. rouge, larges
dent., fil., doublé de tabis, tr. dor. (*Derome ?*)

Magnifique exemp. avec figures de Cochin.

327. Songe de Poliphile, traduction libre de
l'italien, par Legrand. *Paris*, 1804, 2 vol. in-18
tirés in-12 sur pap. vélin, rel. en v. antique,
tr. dor.

328. Aminta, favola boschereccia di Torquato
Tasso. *Parigi, Neveu*, 1813, in-12, pap. fort,
mar. bleu, dent., fil., tr. dor. (*Doll.*)

Avec figures de Prudhon et de Desenne doubles,
noires et coloriées à la main. Les figures coloriées sont
tirées à part.

VI. *Poëtes et Prosateurs espagnols.*

329. **Lâs CCC de Juan de Mena/**
con su glosa... et otras obras. *Çaragoça, mil
et Quiniêtos et XV*, in-fol. goth., fig. sur bois,
mar. rouge, dent., fil., tr. dor. (*Belle rei.
moderne.*)

Rare. Un peu court de marges. Le dernier feuillet a
été coupé en travers, et il manque dès lors une partie
de la suscription. Léger raccommodage.

330. Chronica del famoso cavallero Cid Ruy Diaz
campeador. *En Burgos, en la imprimeria de
Philippe de Junta*, 1593, in-fol., veau, fil.
(*Titre remonté en marge et dernier feuillet
raccommodé.*)

· Edition rare non citée.

331. Los siete libro de la Diana de George de
Montemayor. *En Anvers, en casa di Pedro
Bellero*, 1580, in-12, v. (*Fortes piqûres.*)

332. Obras del excellente poeta Garci Lasso de la Vega. *En Madrid,* 1600, in-12 allongé, vél. *(Titre lég. réparé.)*

Edition rare non citée. Bon exemp.

333. EL INGENIOSO HIDALGO DON QUI-XOTE de la Mancha, compuesto por Miguel de Cervantes Saavedra. *Madrid, J. de la Cuesta,* 1608-1615, 2 vol. in-4, maroq. br., fil. tr. dor. *(Rel. angl. mod.)*

Edition originale pour le tome II de 1615. Ce tome a le titre raccommodé; reliure uniforme ; haut.: 199 m. ; larg.: 135 mill.

334. Ocho Comedias, y ocho entremeses nuevos, nunca representados, compuestas post Miguel da Cervandes Saavedra. *Madrid, Martin,* 1615, in-4, mar. rou., fil. tr. dor. *(Anc. rel. Mouill.)*

Edition originale; haut.: 208 mill.

335. Novellas exemplares de Miguel de Cervantes Saavedra. *En Pamplona, por Nicolas de Assiayn,* 1614, in-8, v. fauve.

Edition presque aussi rare que la première de 1613. Noms coupés sur le titre. qui a été réparé; quelques taches; un peu rogné ; haut.: 135 mill,

336. Historia y romancero del muy valeroso cavallero el Cid Ruy Diaz de Vibar, en lenguage antiguo, recopilado por Juan de Escobar. *En Madrid : a costa de Don Pedro Joseph Alonso y Padilla,* 1747, in-12 allongé, mar. rou., fil. tr. dor.

337. L'ingénieux Hidalgo don Quichotte de la Manche, par Mich. de Cervantes, trad. et annoté par L. Viardot. *Paris, Dubochet,* 1836, 2 vol. gr. in-8, illustrés par Tony Johannot, dem.-rel., dos et coins en v. fauve, n. rog.

338. Historia de Gil Blas de Santillana, publicata
en Frances por Le Sage. *Paris, en libreria
Baudry*, 1835, in-8, rel. en v. bl., fil. **tr. dor.**
(*Simier.*)

VII. *Poètes et Prosateurs anglais.*

339. Poems, by William Cowper, with the life of
the author by the Rev. T. Greatheed, *London*,
1821, 2 vol. in-12, pap. vél. rel. en maroq.
violet, dent. fil. tr. dor.

340. The Tour of doctor Syntax in earch of a
wife a poem. *London*, 1823, 3 vol. in-18, pap.
vél. fin, rel. en v. ant., fil. (*Nombreuses figures coloriées.*)

341. British theatre, comprising tragedies, come-
dies, operas and farces, from the most classics
writers, etc. *London*, 1830, gr. in-8, rel. en v.
rouge, fil. dent. à froid, tr. dor.

342. Italie, a poem, by Samuel Rogers. *London*,
1830, in-8, pap. vél. *fig.* — Poems, by Samuel
Rogers. *London*, 1834, 1 vol. Ens.: 2 vol. in-8,
pap. vél., *jolies vignettes à l'anglaise*, cart.,
n. rog.

343. The poetical Works of James Thomson.
London, 1830, 2 vol. in-12, pap. vél., port.,
rel. en v. vert, fil. tr. dor. (*Muller.*)

344. The plays and poems of Shakspeare, with a
life glossarial notes, edited by Valpy. *London*,
1832, 15 vol. in-12, *fig. au trait*, cart. à l'anglaise, en soie moirée, n. rog.

345. The poetical Works of Th. Moore. *Paris,
Baudry*, 1835, 2 vol. in-8, rel. en v. ant., fil.
dent. à froid, tr. dor. (*Bibolet.*)

346. The comple Works of lord Byron, from the
last London edition new first collected, and
arranged, and illustrated, with all the notes by
Jon. Galt. *Paris, Baudry*, 1837, gr. in-8, *fig.
au trait*, rel. en v. antiq. fil. tr. dor. (*Bibolet.*)

347. Le Mémorial de W. Shakspeare, contes
shakspériens, par Ch. Lamb, trad. de l'anglais
par Alp. Borghers. *Paris*, 1842, gr. in-8, illus-
tré de très-jolies gravures avant la lettre, rel. en
maroq., plaque en or, tr. dor.

VIII. *Poètes et prosateurs allemands.*

348. **Margarita poetica** (aut. Albertus ab Eyb).
Nurembergæ, per Joannem Sensenschmid,
1472, in-fol., goth., dem.-rel. v. (*Légères piq.
et mouill.*)

Exemp. beau de marges de cette première édition,
qui est fort rare.

349. Tewrdannckh (Histoire des aventures, faits
et actions périlleuses du fameux héros chevalier
Tewrdannckh, en allemand.) (Au verso du dernier feuillet:) *Gedruckt in der Kayserlichen
stat Augspurg durch den Eltern Hansen
Schönsperger, sans date* (1519), in-fol. rel.
en v., rel. à ais de bois, fermoirs.

Bel exemp. bien complet de ce poëme allégorique,
composé pour le mariage de Maximilien Ier avec la princesse Marguerite de Bourgogne. Figures sur bois remarquables.

350. **Der Ritter vom Turn**, oder der spiegel der Tugent un ersamkeyt, mit garschönen und kostlichen hystorien Exemplen, (A la fin:).....
Getruckt ʒů Strasburg durch den Ersamen Johannem Knoblouch, 1519, in-4, cart.

> Livre fort curieux du chevalier de La Tour. Cette édition gothique, non décrite, est remplie de remarq. figures sur bois. Signat. *a g* par 8 feuillets.

351. **Schimpff und ernst.** (Le livre sérieux et plaisant, recueil d'anecdotes, en allemand.) *Franckfurt am Mayn, Gulfferich.* 1543, goth., in-8, vél.

352. **Erster Theil der warhafftigen**, historien von den grewlichen und abschewlichen sunden und lastern..., so D. Johannes Faustus (Histoire prodigieuse de Jean Faust, expliquée par Widman). *Hambourg*, 1599, 2 tom. en 1 vol. in-4, goth., dem.-rel. vél. (*Racc.; mouill.; exempl. rog.*)

353. Histoire prodigieuse et lamentable de Jean Fauste, grand magicien, avec son testament et sa vie épouvantable (par Palma Caillet). *Cologne*, 1712, pet. in-12, rel. en maroq. rouge, fil. tr. dor. (*Rel. anc.*)

354. Les Œuvres complètes de Schiller. *Paris, Locquin*, 1836, 2 tom. en 1 vol. gr. in-8, rel. en v. antiq. fil. compart. tr. dor. (*Bel exempl. rel. par Bibolet.*)

IX. *Auteurs dramatiques français.*

355. **Le premier Volume du triumphant mystere des Actes des Apotres** (Neuf livres) ...dernièrement joué à Bourges, *et imprime a Paris pour Arnoul et Charles les Angeliers frères*, 1540, in-4, goth., à 2 col., maroq. rouge, fil. tr. dor. (*Duseuil ?*)

> Haut. : 215 mill. ; larg.: 155 mill. Un peu rogné.

356. **Sensuyt le mistere de la passiõ** de Nostre Seigneur Jhesucrist. (A la fin :) *Nouvellement imprimee a Paris par la veufve Jehan Trepperel et Jehan Jehãnot imprimeur et libraire, sans date*, in-4, goth., à 2 col., maroq. vert à compart. fil., doublé de maroq. rouge, dent. int. tr. dor. (*Kœhler.*)

> Exemp. dé A. Audenet. Un peu trop lavé; haut. : 185 mill.

357. La Passion de Jésus-Christ, tragédie en trois actes et en vaudevilles à grand spectacle, etc. *A Jérusalem,* an ...., in-18, rel. en v. gran. fil., *fig.*, tr. dor.

358. Théâtre des boulevards, ou Recueil de parades (publié par Corbie). *A Mahon*, 1756, 3 vol. in-12, *fig.*, v. marb.

359. Œuvres de Jean Racine, précédées des Mémoires sur sa vie, par Louis Racine. *Paris, Lefêvre,* 1833, gr. in-8, ornements en or, tr. dor. (*Figures.*)

> Bel exemp. avec les jolies gravures sur papier de Chine, avant la lettre, de : Chardet, Moite, Gérard, Deveria, Girodet et Desenne ; riche reliure de Genain, ornée sur les plats, genre Grolier.

360. Œuvres de Molière, avec des notes de divers commentateurs. *Paris, Lefevre,* 1833, gr. in 8, dem. -rel. v. vert, avec coins.

361. Œuvres complètes de Pierre Corneille, avec des notes de tous les commentateurs. *Paris, Didot,* 1837, 2 vol. gr. in-8, rel. en v. bleu, fil. tr. dor. (*Simier.*)

X. *Romans de chevalerie, Contes, Nouvelles.*

362. **Le premier Volume de Lancelot du Lac/ nouvellement imprimé à Paris.** (A la fin du 3e vol. :) Cy fine le dernier volume de la Table ronde, faisant mention des fais et prouesses de monseigneur Lancelot du Lac. *Nouvellement imprime à Paris, pour Michel le Noir..., lan mil cinq cens et trieze,* 3 tom. en 1 vol. in-4, mar. amaranthe, fil. dor. orné, doublé de maroq et de tabis, tr. dor. (*Rel. angl. aux armes.*)

Haut.: 248 m.; larg.: 182 m. Ex. un peu court de marg., avec deux piq. et quelq. lég. racc. 6 ff. prélim. et 208 ff. de texte pour le 1er vol.; 4 ff. prélim. et 162 ff. pour le 2e vol.; 6 ff. prélim. et 202 ff. pour le 3e vol. La date de 1513 est exacte, bien que le nombre de feuillets soit le même que pour l'édition de 1520 que décrit Brunet.

363. **L'Hystoire a Cronicque du petit Jehã de Sainctre** et de la jeune dame des belles cousines, sans autre nom nommer. *A Paris, pour Jean Bonfons,* 1553, in-4, maroq. bleu, fers à froid, fil.

Exemp. de A. AUDENET; haut., 175 mill.; larg., 120 mill. Petits raccomm.

364. L'Heptameron, ou Histoires des amans fortunez, des nouvelles de tresillustre princesse Marguerite de Valois, royne de Navarre. *Paris, Michel de Roigny*, 1571, in-12, veau fauve, tr. dor. (*Mouill.*)

365. Les Contes et Discours d'Eutrapel, par le feu seigneur de la Herissaye, gentil-homme breton. *Rennes,* 1583, pet. in-8, rel. en v., fil. tr. dor. (*Bel exempl.*)

366. Les Serees de Guillaume Bovchet, divisées en trois livres. *Lyon,* 1615, 3 part. en 1 vol. in-8, rel. en v. marb.

367. Les Œuvres de M. François Rabelais, augmentées de la vie de l'auteur. *S. l.* (*Elzevir*), 1663, 2 vol. in-12, maroq. rouge, fil. tr. dor. (*Derome.*)

> Jolie édition fort rare et recherchée, mais cet exemp. est un peu court de marges : il ne porte que 124 m. 1|2 de haut.

368. Nouveaux Contes a rire et Avantures plaisantes ou recreatives françoises. *Cologne,* 1722, in-12, mar. vert, fil. tr. dor. (*Fig. en taille-douce à mi-page.*)

369. L'Alcoran des Cordeliers, tant en latin qu'en français. *Amsterdam,* 1734, 2 vol. in-12, avec les fig. de Bernard-Picart, rel. en veau antique.

370. Les Cent Nouvelles nouvelles...., avec d'excellentes figures en taille-douce gravées sur les dessins de Romain de Hooge. *Cologne, P. Gaillard,* 1736, 2 vol. in-8, mar. rouge, dent. fleurdelysée, tr. dor. (*Derome?*)

> Très-bel exemp.

371. RABELAIS. Œuvres de maître François Rabelais, avec des remarques historiques et critiques de M. Le Duchat ; nouvelle édition ornée de figures de B. Picart. *Amsterdam, Fr. Bernard*, 1741, 3 vol. in-4, maroq. vert, fil. tr. dor. (*Belle rel. anc. genre Derome.*)

Haut. : 236 mill.

372. Angola, Histoire indienne, ouvrage sans vraisemblance (par le chevalier de La Morlière). *A Agra*, 1751, 2 part. en 1 vol. in-12, rel. en v. fauve, fil. tr. dor. (*Charmant exemplaire rel. par Duru.*)

373 LES NOUVELLES DE MARGUERITE, reine de Navarre. *Berne*, 1792, 3 vol. in-8, mar. violet à compart. mosaïq , fil. tr. dor. (*Fig. de Freudenberg.*)

Bel exemp. de cette édit. recherchée de l'*Heptaméron*.

374. Histoire de Manon Lescaut et du Chevalier des Grieux, par l'abbé Prevost. *Paris, Didot l'aîné*, 1797, 2 vol. in-12, maroq. rouge, dent. fil., tr. dor. (*Thouvenin.*)

Exemp. sur papier vélin. Figures avant la lettre.

375. DIDEROT. Jacques le fataliste. — La Religieuse. — Entretiens d'un père. — Les deux Amis de Bourbonne. *Paris, Bertin*, 1797, en deux vol. in-12, maroq. bleu, dent. tr. dor. (*Figures avant la lettre.*)

Charmant exemp. Reliure de Bozérian.

376. Contes gais et badins, suivis de la Servante du curé, par Vasselier. *Londres,* 1819, in-12, dem.-rel., dos et coins en maroq. vert, pap. vergé, n. rog.

377. Notre Dame de Paris, par Vict. Hugo. *Paris, Renduel*, 1836, 1 vol. in-8, pap. fin vergé, fig. sur Chine av. la lettre, rel. en v. fil. plaque à froid, tr. dor.

> Exemp. avec plusieurs suites de gravures avant la lettre de Tory Johannot, Raffet, Camille Rogier et autres.

XI. *Facéties en Français.*

378. LES DIALOGUES DE JAQUES TAHUREAU, gentilhomme du Mans, non moins profitables que facétieus. *Paris, Gabriel Buon*, 1572, in-12, maroq. vert foncé, fil. tr. dor. (*Derome*.)

> Haut.: 116 mill.; larg.: 76 mill.

379. DISCOURS FACÉTIEUX des hommes qui font saller leurs femmes, à cause quelles sont trop douces. *A Rouen*, in-8, maroq. rouge, à comp. fil. doublé de tabis, tr. dor.

> Copie manuscrite sur VÉLIN.

380. LES COMÉDIES FACÉCIEUSES de Pierre L'Arivey, Champenois. *A Rouen*, 1601, et *Troyes*, 1611, 4 vol. in-12, maroq. rouge, fil. tr. dor. (*Derome*.)

> Les ff. 203, 204 et 225 du 1er volume sont manuscr. Le feuillet 619 du tome II est raccommodé avec une partie de texte manuscrit. Plusieurs mouillures et qq. raccomm. Exemp. court de marges. Il a appartenu à CH. NODIER.

381. IMITATIONS DU LATIN DE JEAN BONNEFONS, avec autres gayetez amoureuses de l'invention de l'auteur (Gilles Durant). *Paris, Anthoine du Brueil*, 1610, in-8, mar. noir, dos orné, tr. dor. (*Anc. rel.*)

> Haut.: 150 mill.; larg : 95 mill.

382. La Source et origine des.... sauvages, et la
manière de les apprivoiser (et autres pièces fa-
cétieuses du même genre). *A Lyon, chez Jean
de la Montagne*, 1610, in-8, mar. rouge, fil.,
tr. dor. (*Padeloup.*)

> Bel exemp.

383. Les nouvelles et plaisantes Imaginations de
Bruscambile, ensuite de ses fantaisies (par Des-
lauriers). *A Bergerac*, 1615, pet. in-12, dem.-
rel., dos et coins en mar. rouge.

384. Les Fantaisies de Bruscambille, contenant
plusieurs discours, paradoxes, harangues et
prologues facétieux (par Desloriers). *Paris, Jean
Millot*, 1615, in-12, rel. en veau fauve, fil.,
tr. dor.

385. La fameuse Compagnie de la Lesine, ou
Alesne, c'est-à-dire la manière d'espargner, ac-
quérir et conserver ; trad. de l'italien (par Via-
lardi). *Paris*, 1618, 2 vol. pet. in-12, rel. en
veau gran., fil.

386. La Delectable Folie, support des capricieux,
soulas des fantasques, nourriture des bigearres,
pour l'utilité des cerveaux faibles, etc., faicte
italienne par Ant.-Marie Spolti ; trad. en françois par L. Caron. *Lyon*, 1628, pet. in-12,
rel. en veau fauve, fil.

> Le titre porte : Seconde partie ; cependant l'ouvrage
> parait incomplet.

387. Haranques burlesques sur la vie et sur la
mort de divers animaux, dédiées à la Samari-
taine du Pont-Neuf *par M. Raisonnable. Paris*, 1651, in-12, v. écaille, fil.

388. Les Bigarrvres et Tovches dv seignevr des Accords, avec les Apophtegmes du sieur Gavlard et les Escraignes dijonnoises (par du Buisson, baron de Grannas). *Paris, Arnovld Cotinet*, 1662, in-12, rel. en vélin blanc. (*Bauzonnet.*)

389. Les Bigarrures et Touches du seigneur des Accords (Et. Tabourot), avec les Apophtegmes du sieur Gaulard et les Escraignes dijonnoises. *Paris, Arn. Cotinet.* 1662, 2 part. en 1 vol. pet. in-12, rel. en veau, fil.

390. Le facecieux Reveille-Matin des esprits melancoliques, ou Remede preservatif contre les tristes. *Rouen, Claude Iores*, 1673, pet. in-12, rel en mar. rouge, large dentelle, tr. dor. (*Rel. anc.*)

391. Sotisier, ou Recueil de B. S. F. (Sunt mala, sant bona quædam.) *Paris,* 1717, in-12, v. porphyre.

392. Les Chats (par Moncrif). *Paris*, 1728, in-8, fig. rel. en v. fauve, fil. dent. à froid. (*Vogel.*)

393. Discours d'aucuns propos rustiques et facécieux, et singulière récréation, ou les Ruses et finesses de Ragot, par Noel Dufail. 1732, pet. in-12, rel. en v. gr.

394. Nugæ Venales... Le petit Thrésor latin des ris et de la joie, dédiés aux Rév. PP. de la Mélancolie. *Londres*, 1741, pet. in-12, v. m. (*Front. gravé.*)

395. Les Pensées facécieuses et les bons mots du

fameux Bruscambille. *Cologne*, 1741, in-12, v. fauve, fil. tr. dor.

396. Le Livre jaune, contenant quelques conversations sur les Logomachies, etc. *Bâle*, 1748, in-8, cart., n. rog.

> Exemp. imprimé sur papier jaune. Quelq. piqûres d'humidité.

397. Le Moyen de parvenir (par Beroalde de Verville); nouvelle édition. *S. l...* 100070057, 2 vol. pet. in-12, v. fauve, fil. dent. tr. dor.

398. Éloge des Tetons, ouvrage curieux, galant et badin, par ***. 2e édition. *Cologne, à l'enclume de Vérité*, 1775, in-8, v. marb.

399. L'Art du pet... Essai théori-physique et méthodique à l'usage des personnes constipées, etc. *En Wesphalie*, 1776, in-12, fig., d.-rel. maroq.

400. L'Art de désopiler la rate (par Panckoucke). *A Galliopoli*, 1786, in-12, rel. en v. écaille, fil.

401. Berthe, ou le Pet mémorable ; anecdote du IXe siècle (par Lombard de Langres). *Paris, Collin*, 1807, in-18, dem.-rel. bas.

XII *Facéties en diverses langues.*

402. **Facecie de Pogio/** Florentino, traducte de latino in vulgare ornatissimo. *Senza data* (fin du XVe siècle), in-4 goth. à long. lignes (30

par page), maroq. bleu, coins ornés, fil. tr.
dor.

Exemp. à toutes marges, sauf pour les cinq premiers feuillets, qui sont un peu plus courts en bas.

403. FACEZIE, Motti, Buffonnerie et Burle del Piovanno Arlotto... *In Firenze*, 1565, pet. in-8, v. fauve, tr. dor. (*Titre remonté et doublé.*)

Edition rare, la meilleure d'après Gamba.

404. Antonius de Arena, provençalis, de Bragardissima villa de Soleriis. *Paris*, *Philippe Gaultier*, 1631, pet. in-12, rel. en v., fil. tr. dor.

405. Nic. Frischlini Baligensis facetiæ selectiores; quibus ad argumenti similitudinem accesserunt Henrici Bebelli P.-L. facetiarum libri tres. *Amstelodami*, 1651, pet. in-12, v. fau., fil. tr. dor. (*Thouvenin.*)

406. Pietra del paragone politico di Trajano Boccalini. *Cosmopoli.* 1671, in-16, maroq. rouge à comp., tr. dor.

407. Vincentius Obsopœus de Arte bibendi. — Theses inaugurales de Virginibus. — Bonus Mulier, sive de Mulieribus vel Uxoribus. *Edit. Secunda. Lugd.-Batavorum.* 1744, pet. in-12, v. fauve, dent. tr. dor. (*Padeloup.*)

408. Berni, opere burlesche. *Appresso Jacopo Broedelet*, 1771, trois parties en 1 vol. in-8, portr. rel. en maroq. rouge, fil. tr. dor.

XIII. *Dissertations singulières.*

409. La Description de l'isle d'Utopie, où est comprins le Miroer des republicques du monde, et l'exemplaire de vie heureuse, rédigé par escript... par illustre personnage Thomas Morus citoyé de Londre. *Les semblables sont à vendre à Paris, en la boutique de Charles l'Angelier*, 1550, in-8, maroq. vert, fil. tr. dor. *(Mouillie, relieur.)*

> Charmant exemp. Figures sur bois.

410. Paradoxes, ce sont propos contre la commune opinion, debatuz en forme de declamations foréses : pour exerciter les ieunes en causes difficiles. *A Paris, par Charles Estienne*, 1554, in-12, maroq. rouge, fil. tr. dor. *(Un nom coupé sur le titre et racc.)*

> Ex libris P. Papillon, dont la signature autographe se trouve sur le titre.

411. Les neuf Matinees du seigneur de Cholieres. *Paris*, 1585, in-8, veau fauve. *(Anc. rel.)*

> *De l'or et du fer. — Des Chatrez. — Des laides et belles femmes. — De la jalousie du mary*, etc. — Bel exemp.

412. Discours œconomique, non moins utile que recréatif, monstrant comme de cinq cens livres pour une foys employée, l'on peut tirer par an quatre mille cinq cens livres de profict honneste, etc., par Prudent Le Choyselat. *Rouen*, 1612, in-8, d.-rel., n. rog.

413. Reflexions sur les grands hommes qui sont

morts en plaisantant (par Deslandes). *Amster-dam*, 1732, in-12, fig., rel. en veau fauve.

414. L'Art de se rendre heureux par les songes, c'est-à-dire en se procurant telle espèce de songes que l'on puisse désirer, conformément à ses inclinations. *Francfort et Leipsick*, 1746, in-12, rel. en veau fauve, fil., tr. dor. (*Joli exempl. rel. par Kœhler.*)

415. Dictionnaire comique, satyrique, critique, burlesque, libre et proverbial, par Leroux. *Pampelune*, 1786, 2 vol. in-8, d.-rel. maroq.

416. Nouvelle Fabrique des excellents traits de vérité, par Philippe d'Alcripe. *Nouv. édit., imprimée cette année*, in-12, v. fauve, fil.

417. Le Livre des singularités (par Peignot). *Dijon*, 1841, in-8, br.

418. Tractatus varii de pulicibus... dissertationem juridicam. *Utopiæ* (*s. l. n. d.*), pet. in-12, veau mar., fil. (*Curieuse figure.*)

XIV. *Ouvrage sur les femmes, l'amour, le mariage. — Modes.*

419. BOCCACCIO (*Giovanni*). Liber Joanis Boccacii de Certaldo de mulieribus claris, — *per Joannem Czeiner de Reutlingen Ulme impressus finit feliciter*, 1473, pet. in-fol. goth., *fig. sur bois nombreuses*, mar. rouge, dent., n. rog. (*Belle rel. moderne, lég. mouill.*)

Première édition, rare et recherchée surtout par les amateurs d'anciennes gravures en bois (*Brunet*).

420. **De plurimis claris** scelestisqz mulieribus opus prope divinum novissime conges-
tum. *Ferrariæ, Laurentius de Rubeis,* 1497,
in-fol. goth., dem.-rel. (*Très-belles fig. sur
bois.*)

> Edition bien imprimée et devenue rare de ce bel
> ouvrage de J.-P. Bergomensis.

421. Côtroverses des sexes masculin et feminin
(par Gratian du Pont, sieur de Drusac). *Imprime
à Paris par Denys Janot,* 1540, pet. in-12,
maroq. rouge, tr. dor. (*Anc. rel.*)

> Bonne édition. Nombreuses figures sur bois; haut.:
> 107 mill.

422. De l'heur et malheur du mariage, par Jean
de Marconville, gentilhomme percheron. *A
Lyon,* 1602, in-12, maroq. rouge, tr. dor. (*Padeloup.*)

> Légères taches de rouille inhérentes à la nature du
> papier. Belles marges.

423. Les quinze joyes de mariage, ou la Nasse
dans laquelle sont détenus plusieurs personnages de nostre temps, mises en lumière par
François de Rosset. *Paris, Rolet Boutonné,*
1620, in-12, v. fil.

> Aux armes de Mme de Pompadour.

424. De Re uxoria libri duo, auctore Fr. Bar-
baro. *Amstelodami,* 1639, pet. in-12, v. fauve.
(*Padeloup.*)

425. Disputatio perjucunda, qua anonymus pro-
bare nititur mulieres homines non esse...*Hagæ-
Comitis,* 1641, in-16, vél.

426. Hippolytus redivivus, id est remedium con-

temn?ndi sexum muliebrem, auctore. S. I. E. D. V... *Anno* 1644, pet. in-12, v. fauve. (*Padeloup.*)

427. Alphabet de l'imperfection et malice des femmes, par Jacques Olivier. *Rouen, Jul. Courant,* 1658, in-12, v. marb.

428. De l'Abus des nuditez de gorge (par l'abbé Boileau). *Bruxelles,* 1675, in-12, rel. en vél.

429. Discursus politicus de polygamia, auctore Theop. Alethæo. *Friburgi,* 1676, in-12, dem.-rel. v. fauve.

430. Discursus politicus de polygamia, auctore Theophilo Alethæo. *Friburgi,* 1676, pet. in-8, dem.-rel., dos et c. de v.

431. Amours des Dames illustres de France sous le règne de Louis XIV. *Cologne, Pierre Marteau, sans date,* 2 vol. pet. in-12, fig., rel. en v. marb.

432. La France galante, ou Histoire amoureuse de la cour sous le règne de Louis XIV. *Cologne, Pierre Marteau, sans date,* 2 vol. pet. in-12, fig. rel. en v. marb.

433. Les Arrests d'amours, avec l'amant rendu cordelier à l'observance d'amours, par Martial d'Avergne, accompagnez des commentaires juridiques et joyeux de Ben. de Court, avec un glossaire. *Amsterdam,* 1731, 2 vol. in-12, rel. en veau antique, fil. et dent. à froid, tr. dor. (*Thouvenin.*)

434. Lucina sine concubitu. Lucine, affranchissement des loix du concours; ouvrage singu-

lier, trad. de l'anglais par Moet. *Paris, an III*, in-18, cart. n. rog.

435. Nouvelles pensées sur les femmes et le mariage, ou Tableau vrai des mœurs de ce sexe. *Paris*, 1803, 3 vol. in-12, dem.-rel. maroq. vert.

436. Essais historiques sur les modes et la toilette françaises, par le chevalier de.... *Paris*, 1824, 2 tom. en 1 vol. in-18, veau antique. (*Nombreuses figures de costumes.*)

XV. *Mélanges littéraires.*

437. Discours ecclésiastique contre le paganisme des roys de la Feve et du roy-boit, par Jean des Lyons. *Paris, Guill. Desprez*, 1664, pet. in-12, d.-rel., dos et coins en mar. vert.

438. La Philosophie des images énigmatiques, par le P. Menestrier. *Lyon*, 1694, in-12, fig., rel. en v. marb.
  Le titre et quelques ff. fortement mouillés.

439. Lettres à Émilie sur la mythologie, par Demoustier. *Paris, Renouard*, 1809, 6 part. en 3 vol. in-8, pap. vel., fig. très-nombreuses, d.-rel., dos et coins en mar. violet, n. rog.

440. L'Avant-Temps, ou Histoire, poésie, art et littérature de l'avant-temps et du moyen âge. *Erfurt*, 1817-21, 4 vol. en 2 in-8, d.-rel. en veau antique, figures. (*Texte allemand.*)

441. Anecdotes, observations and chararacters of books and Men. Collection from the conversa-

tion of M. Pope and other eminent persons of his time, by Joseph Spence. *London*, 1820, in-8, dem.-rel., dos et coins en v. vert.

442. Amusements philologiques, ou Variétés en tous genres, par Peignot. *Dijon*, 1824, in-8, pap. vél. cart., n. rog.

443. Collection des Curiosités historiques et littéraires, publiée par Paulin en 1846. 9 vol. in-18, dont 4 en dem.-rel. maroq. et 5 br.

XVI. *Dialogues. — Proverbes. — Epistolaires.*

444. Dialogi di amore, composti per Leone Medico, di natione Hebreo, et dipoi fatto christiano. *In Venezia, in casa de' figluoli di Aldo*, 1541, in-8, vél.

445. Nic. Clenardi Epistolarum libri duo. *Antverpiæ*, 1566, pet. in-8, vél.

446. L'Argute e facetie lettere di M. Ces. Raodi... nelle quali si contengono leggiadri motti, e solazzevoli discorsi. *In Parigi*, 1584, pet. in-8, v. fauve, fil. tr. dor.

447. Dialogo di M. Lod. Dolce, nel quale si ragiona del modo di accrescere et conservare la memoria. *In Venetia*, 1586, pet. in-8, v. br. (*Figures sur bois.*)

448. Les illustres Proverbes nouveaux et historiques, expliquez par diverses questions curieuses et morales en forme de dialogue. *Paris*,

N. Pepingué, 1665, 2 vol. in-12, v. fauve., fil. tr. dor. (*Niedrée.*)

Bel exemp. avec témoins.

449. Hexameron rustique, ou les Six journées passées à la campagne entre des personnes studieuses, (par La Motte-Le-Vayer). *Paris,* 1670, pet. in-12, v. fau., fil. tr. dor.

450. Stultitiæ laus Des. Erasmi Rot. Declamatio, cum commentariis Ger. Listrii et figuris Jo. Holbenii. *Basileæ,* 1676, in-8, fig., rel. en v. fil.

HISTOIRE.

I. *Géographie. — Voyages.*

451. **Christianus ad solitariũ** quemdam de ymagine mundi. Honorio. *S. l. n. d.*, pet. in-fol., v. fauve, fil. (*Anc. rel.*)

Très-bel exemp. à toutes marges de cette édition imprimée vers 1472, sans chiffres, signatures ni récl., avec les caract. d'Ant. Koburger, de Nuremberg.

452. Pomponii Melle cosmographi de situ orbis. (In fine :) *Impressum est hoc opusculũ Venetiis, per Franciscum Renner de Hailbrun,* 1478, in 4, caract. ronds, cart. (*Gr. marges.*)

453. Bernhardus de Breidenbach. (Des Saintes Pérégrinations de Jérusalem , en allemand.) *Mayence*, 1486, in-fol., rel. à ais de bois, veau antique estampé. 146 figures.

Edition rare. Au recto du dernier feuillet on lit à la fin : *Durch Erhart rewich von Vtrricht ynn der statt*

*Meyntz getrucket ym jar imsers heylss. tusent. wier-
hüdert im LXXXVJ...*
Quelques raccomm. aux planches.

454. JOHANNE DE MANDAVILLA. Tractato de le piu
maravegliose cose e piu notabile che si trovino
in le parte del mondo. *Stampado in Venexia,
per Maestro Máfredo da Môferato da Strevo
da Bonello,* 1495, in-4 à 2 col., vélin.

455. 𝕷𝖊 𝖌𝖗𝖆𝖓𝖉 𝖁𝖔𝖞𝖆𝖌𝖊 𝖉𝖊 𝕵𝖍𝖊𝖗𝖚𝖘𝖆𝖑𝖊𝖒
(trad. de Breydenbach par le Huen), divisé en
deux parties. *Paris, par N. Hygman, pour
Fr. Regnauld,* 1517, in-4 goth., fig. sur bois
et pl. vélin.

> Rare. Après le f. lxij on trouve une grande planche,
> et entre les ff. xc et xcj 16 ff. non chiffrés. Cet exemp.
> porte sur le titre les signatures de DU BOUCHET et de
> BALLEYDENS. Il n'y a pas d'autre planche que celle que
> nous venons d'indiquer. Les exemp. avec le nom
> de Hygman comme imprimeur sont très-rares.

456. 𝕯𝖎𝖊 𝕽𝖎𝖙𝖙𝖊𝖗𝖑𝖎𝖈𝖍.... Ludowico Varto-
mans von Bolonia.... *Augspurg,* 1518, in-4,
cart. (*Figures sur bois.*)

> Édition allemande du voyage de Vartomans, avec de
> curieuses gravures sur bois. Quelq. mouill.

457. Libro di Benedetto Bordone, nel qual si ragiona de tutte l'Isole del mondo, con li lot nomi
antichi et moderni historie. etc. *In Vinegia,*
1528, in-fol, fig., rel. en vélin.

> Environ 20 gravures anciennes sont ajoutées à ce
> exempl.

458. Les Observations de plusieurs singularitez
et choses memorables trouvées en Grèce, Asie,
Judée, Egypte, Arabie et autres pays estranges.
redigées en trois livres par Pierre Belon, du

Mans. *Paris, Guil. Cavellat*, 1554, in-4, fig. sur bois, d.-rel. veau fauve, avec coins.

459. Cosmographiæ universalis libri VI, autore Sebast. Munstero. *Basileæ*, 1554, in-fol., fig., rel. en veau brun.

> Volumes renfermant un grand nombre de plans topographiques de villes, portraits, costumes, devises, etc., dans le genre de la Chronique de Nuremberg.

460. Discovrs et Histoire veritable des navigations, pérégrinations et voyages faicts en la Tvrquie, par Nicolas de Nicolay, Davlphinoys, seigneur d'Arfeuille, geographe du roy, contenant plvsievrs singvlaritez que l'auteur y a veues et observervez. *Anvers, Arnould Coninx*, 1586, in-4, fig., cart.

> Volume très-bien conservé, contenant un grand nombre de costumes en tous genres et de toutes les conditions des peuples tures à cette époque.

461. Topographia Helvetiæ, Rhætiæ et Valesiæ. *Mattheum Merian*, 1642, in-fol., figures très-nombreuses, rel. en v. (*Armes.*)

462. Parergon, sive veteris geographiæ aliquot tabulæ (autore Ortelius). *Coloniæ-Agrippin.*, 1678, in-fol., fig. de numismatique et cartes, dem.-rel., dos et coins en maroq. rouge.

463. Premier voyage autour du monde par le chevalier Pigafetta, sur l'escadre de Magellan, pendant les années 1519 à 1522. *Paris, Jansen, l'an IX,* in-8, pap. vél. fin, rel. en v. fauve, fil. dent. à froid, tr. dor., cart. et fig. n. et col. (*Bel exemplaire, rel. par Purgold.*)

464. Voyage dans les départements du midi de la France, par Millin. *Paris, Impr. Impériale,*

1807, 5 vol. in-8, et atlas in-4 de 80 planches, dem.-rel. v.

465. Voyage du jeune Anacharsis en Grèce, par Barthélemy ; nouvelle édit. avec portr. et six belles vignettes dessinées par Colin, élève de Girodet. *Paris, Et. Ledoux,* 1822, 7 vol. in-8, gr. pap. vél. fort et atlas in-4 oblong de 39 planches, dem.-rel. v. antique, n. rog.

466. Travelling sketches in the north of Italy, the Tyrol and on the Rhine, with six beautifully finished engravings by Clar. Stanfield. *London,* 1832, 2 vol. in-8, fig. cart. à l'anglaise, tr. dor.

467. Histoire générale des voyages de découvertes maritimes et continentales, depuis le commencement du monde jusqu'à nos jours ; trad. de l'anglais par Ad. Joanne et Old. Nick. *Paris, Paulin,* 1840, 3 vol. in-12, dem.-rel. maroq.

II. *Histoire universelle.—Histoire ancienne.*

468. SUETONIUS. Caii Suetonii Tranquilli de vita XII Cæsarum liber primus, divus Julius Cæsar incipit fœliciter. (In fine :) *Hoc ego Nicoleos Gallus, cognomite Ienson, impressi,* 1471, gr. in-4, mar. bleu, coins ornés, dent. int., tr. dor. (*Belle rel. angl.*)

> Magnifique exemp. avec lettres initiales peintes en miniature ; quelq. piq. très-lég. ; haut.: 275 mill.

469. OROSIUS (*Paulus*). Historiarum adversus Paganos libri VII. — *Finiunt feliciter. Per*

Johanné Schuȝler florentissime urbis Auguste concivê impressi, Anno M. qdringêtesimo et septuagesimo pmo; in-fol. goth., maroq. vert, à compart., riches ornements sur les plats, fil. doublé d'une bordure en maroq. dent., tr. dor.

Magnifique exemp. de cette PREMIÈRE ÉDITION, qui a été faite sur de bons manuscrits; haut. : 304 mill.

470. CAII JULII CÆSARIS Commentariorum liber primus de bello Gallico...(In fine:) *Venetiis, Nic. Jenson,* 1471, pet. in-fol., dérelié. (*Très-jolies lettres ornées peintes en miniatures, quelques piq.*)

Exemp. un peu court.

471. 𝔉𝔞𝔰𝔠𝔦𝔠𝔲𝔩𝔲𝔰 𝔱𝔢𝔪𝔭𝔬𝔯𝔲𝔪 (auctore Wernero Rolurnek). *Venetia, Ratdolt,* 1484, in-fol., *fig. sur bois,* vél. (*Mouillures.*)

Très-grand de marges.

472. 𝕷𝖆 𝕸𝖊𝖗 𝖉𝖊𝖘 𝕳𝖎𝖘𝖙𝖔𝖎𝖗𝖊𝖘. (A la fin:) *Imprimé à Lyon, par Jehâ Dupré,* 1491, 2 tom. en 1 vol. in-fol., v. (*Fig. sur bois.*)

Très-rare. Malheureusement cet exemp. est incomp. du premier feuillet. Quelques taches.

473. Julii Cæsaris quæ extant, ex emendatione Jos. Scaligeri. *Lugduni-Batavorum, ex officina Elȝeviriana,* 1635, pet. in-12, rel. en v., fil. dent., tr. dor. *(Lefebvre.)*

474. C. JULII CÆSARIS quæ extant, accuratissimè cum libris edit. et Mss. optimis collata, recognita et correcta; accesserunt annotationes Samuel. Clarke. *Londini,* 1712, in-fol., gr.pap., fig. rel. en maroq. rouge, fil. tr. dor.

Très-bel exemp. sur grand papier, avec les figures de prem épreuves.

4.

475. Niew of the state of Europe during the middle ages, by Hallam. *Paris, Baudry*, 1835, 2 tom. en 1 vol. in-8, rel. en v. vert, tripl. fil., dos à compart., tr. dor.

476. Histoire universelle. par K.-F. Becker; 7ᵉ édition, publiée par J.-W. Loebell. Avec les suites de J.-G. Woltmann et A.-K. Menzel. *Berlin*, 1844, 14 vol. en 7, in-8, dem.-rel., v. (*Texte allemand.*)

III. *Histoire de France.*

477. **Sensuyvent les faicts de maistre Alain Chartier...** qui traictent de plusieurs choses touchant les guerres faictes par les angloys. (A la fin :) *Imprimez à Paris, par Michel le Noir,* 1514, in-4 goth., dem.-rel., v.

Haut.: 194 mill.; larg.: 136 m. Timbre sur le titre.

478. **Les Illustrations de Gaule** et singularitez de Troye, avec les deux epistres de l'Amant vert... par Jehan le Maire de Belges. *Imprimé à Paris, par Françoys Regnault,* s. d., pet. in-fol. goth., dem.-rel. vél.

Haut.: 251 mill. Rabelais parle assez singulièrement de cet auteur dans son *Pantagruel*, et fait allusion au *Traité des différents Schismes*, où Jean Le Maire traite fort mal les Papes : « Je veys maistre *Jean Le Maire*, » qui contrefaisoit du Pape, et à touts ces paovres Rois » et Papes de ce monde faisoit baiser ses pieds ; et, en » faisant du grobis, leur donnoit sa bénédiction, disant : » *Gaignez les pardons, cocquins, gaignez ; ils sont à* » *bon marché. Je vous absoulz de pain, et de souppe,* » *et vous dispense de ne valoir jamais rien.* » Tome II, p. 259, édit. Le Duchat.

479. **Les Cronicques du feu roy Charles** septiesme de ce nom, contenant les faitz et
gestes du dit seigneur... par feu maître Alain
Chartier. *On les vend à Paris, en la maison
de Jehan Longis,* 1528, in-fol. goth., dem.-rel.
v.

Haut. : 265 mill. Édition originale fort rare. Très-
bel exemp.

480. **Les anciennes η modernes généalo-
gies** des roys de France... avec leurs épitaphes
et effigies. *Imprimez nouvellement à Poic-
tiers, par Jacques Bouchet,* 1535, in-8, v.
rac., fil. *(Portr. grav. en bois.)*

Raccomm. et un trou sur trois feuillets.

481. **Cronicque η histoire** faicte et compose
par feu Messire Philippe de Commines. Contenant les choses advenues durant le regne du
roy Loys unziesme. *On les vend à Paris, par
Félix Guybert,* 1539, 2 tom. en 1 vol. in-8
goth., peau de mouton. *(Piq. et mouill.)*

482. La grand Monarchie de France, composee
par messire Claude de Seyssel, lors evesque de
Marseille. *On les vend a Paris, par Denys
Janot,* 1541, pet. in-8, mar. vert, dent., doublé
de tabis rose, fig. sur bois. *(Derome le jeune.)*

Exemp. de Renouard. Léger grattage sur le titre ;
haut.: 150 mill.

483. La Cronique du tres chrestien et victorieux
roy Loys unziesme du nom. *On les vend a
Paris, en la bouticque de Galliot du Pré,* 1558,
in-8, veau mar., fil.

Bel exemp.

484. Histoire de Geoffroy de Villehardovyn, maréchal de Champagne et de Romenie, par Blaise
de Vigenere. *Paris, Abel Langelier*, 1585,
in-4, rel. en veau granit.

>   Edition rare. Le bas du feuillet 93 est raccommodé,
>   cinq mots sont refaits à la main.

485. HISTOIRE SINGULIÈRE DU ROY LOUIS XII...,
composee par Claude de Seissel. *Paris, Jacques du Puys*, 1587, in-8, mar. vert, fil., tr.
dor. (*Niédréc.*)

486. Memoires de messire Philippe de Commines. *En Anvers, chez Martin Nutius*, 1597,
pet. in-12, rel. en mar. vert, fil.. tr. dor. (*Très-
bel exemplaire.*)

487. HEROINÆ NOBILISSIMÆ JOANNÆ DARC Lotha-
ringæ, vulgo Aurelianensis puellæ, historia...,
authore J. Hordal. *Ponti-Mussi*, 1612, in-4,
vélin. (*Fig. de Léon. Gaultier.*)

488. Mémoires de la reyne Marguerite; nouvelle
édition, plus correcte. *Jouxte la copie à Paris*, 1658, in-12, mar. vert, fil., tr. dor. (*Kœhler.*)

489. Memoires de Jean, sire de Jouinville, sous
le regne de saint Louys, avec la genealogie de
la maison de Bourbon. *Paris, François Mau-
ger*, 1666, pet. in-12, veau fauve, fil.

490. ABRÉGÉ CHRONOLOGIQUE DE L'HISTOIRE DE
FRANCE, par le sieur de Mezeray. *Amsterdam,
A. Wolfgang*, 1673-1674, 7 vol. (*y compris
l'avant Clovis*), in-12, mar. brun, fil., tr. dor.
(*Thouvenin.*)

>   Haut.: 54 mill.

491. Histoire de la vie privée des Français, par
Le Grand d'Aussy ; édit. revue par Roquefort.
Paris, 1815, 3 vol. in-8, rel. v. antique, dent.

492. Histoire de la Révolution française, depuis
1789 jusqu'en 1814, par Mignet. *Paris, Didot,*
1824, 1 fort vol. in-8, rel. en v. vert, fil. dent.
(*Première édition.*)

493. Abrégé chronologique de l'Histoire de
France, depuis Clovis jusqu'à la mort de
Louis XIV, par le président Henault, continué
jusqu'en 1830 par Michaud. *Paris*, 1836, gr.
in-8, dem.-rel., v. fauve.

494. Chroniques pittoresques et critiques de l'Œil-
de-Bœuf, par Touchard-Lafosse. *Paris*, 1845,
4 vol. in-12, dem.-rel. maroq.

IV. *Histoire des provinces.*

495. Topographia Alsatiæ, etc. *Mattheum Me-
rianum*, 1644, in-fol., gr. nombre de jolies gravures, texte en allemand, rel. en v. (*Armes.*)

496. Histoire de la ville de Mulhouse jusqu'à
l'année 1816. *Mülhausen*, 1816, 2 part. en 1
vol. in-4, dem.-rel., *vue et fac-simile. (Texte
allemand.*)

497. Voyage de Paris à la mer, par Rouen et le
Havre; description historique des villes, bourgs,
etc., des bords de la Seine, avec 75 gravures et
vignettes dessinées sur les lieux et 4 cartes, par
Morel-Fatio. *Paris, Bourdin,* pet. in-4, rel. en
v. fauve, fil. (*Avec 4 cartes.*)

498. Histoire physique, civile et morale de Paris, depuis les temps historiques jusqu'à nos jours, par Dulaure; 2me édit. *Paris, Guillaume*, 1826, 10 vol. in-8, *fig. et atlas* in-4 oblong, rel. en v. fil. (*Bibolet.*)

499. Histoire physique, civile et morale des environs de Paris, par Dulaure. *Paris, Guillaume*, 1825, 7 vol. in-8, *fig.*, rel. en v. rac. fil. dent.

V. *Histoire des pays étrangers.*

500. CHRONIQUE DE NUREMBERG. *Edition princeps de* 1493, in-fol. dem.-rel. v. (*Taches d'huile.*)

> Figures sur bois. La papesse Jeanne est représentée à la p. 170. Cet ouvrage, connu sous le titre ci-dessus, n'est pas commun de cette édit. Très-grandes marges. Exemp. de Boutourlin.

501. CHRONIQUE DE LA VILLE DE COLOGNE (texte allemand). *Cologne, s. d.* (1499?) in-fol. goth., n. r. *figures.*

> Nombreuses figures sur bois, portraits et armoiries. On trouve aux p. 311 et 312 de cet ouvrage l'observation particulièrement remarquable pour l'histoire de l'imprimerie, qu'en Hollande on avait commencé plus tôt qu'à Mayence à imprimer des livres. Quelq. piq. et mouill.

502. La Republicà et magistrati di Vinegia di M. Gasparo Contarino. *In Vinegia*, 1544, in-8, maroq. br., ornem. sur les plats. (*Belle rel. ital. anc.*)

503. Historia de Gentibus septentrionalibus, authore Olao Magno Gotho Archiepiscopo Up-

salensi. *Antverpiæ, Chr. Plantini*, 1558, pet. in-8, v. jas., dent. tr. dor.

Exemp. réglé, avec nombreuses figures sur bois.

504. Le miroir de la cruelle et horrible tyrannie espagnole perpétrée aux Pays-Bas par le tyran duc d'Albe. *Amsterdam*, 1620, in-4, maroq. rouge, fil., tr. dor. (*Genre Padeloup*.)

Avec les *Tyrannies commises dans les Indes occidentales*. Nombreuses fig. en taille-douce.

505. Histoire entière et véritable du procez de Charles Stuart, roy d'Angleterre, *Londres*, 1650, pet. in-12, rel. en maroq. rouge, fil., tr (*Ancienne rel.*)

PARALIPOMÈNES HISTORIQUES.

I. — *Art héraldique.*

506. **Le Blason des couleurs** en armes, livrées et devises (par Sicille). *S. l. n. d.*, in-12 goth. v. fil. tr. dor. (*Forte piqûre.*)

507. La Méthode du blason, par le P. Menestrier. *Lyon*, 1689, in-12, fig., rel. en v. gran.

508. L'Art des armoiries, avec l'explication du blason de prince Brandenbourg Coulmbach, par J. P. Reinhard. *Nürnberg*, 1747, in-8, dem.-rel., 23 planches de blasons (*Texte allemand.*)

509. Traité des marques nationales, par Beneton

de Morange de Peyrins. *Paris*, 1779, in-12,
dem.-rel., v. fauve.

II. *Antiquités. — Numismatique. — Archéologie. — Diplomatique.*

510. D. MEM. S. PRIMA PARS PROMPTUARII ICONUM
insigniorum a seculo hominum, subjectis eo-
rum vitis, per compendium ex probatissimis
autoribus desumptis. *Lugduni, Gulielmum Ro-
villium*, 1553, in-4, figures de numismatique,
rel. en v., encadrement à froid. (*Reliure ancienne.*)

511. Epitome thesauri antiquitatum, hoc est
Impp. Rom. orientalium et occidentalium iconum, ex antiquis numatibus quam fidelissimè
delineatarum, ex Museo Jacobi de Strada Mantuani antiquarii. *Lugduni*, 1553, in-4, figures
de numismatique, rel. en vélin.

512. DISCOURS SUR LES MÉDAILLES et gravures an-
tiques, principalement romaines, par M. Antoine le Pois. *Paris, Mamert-Patisson*, 1579,
in-4 vélin, ornements sur les plats, tr. dor.
(*Figures.*)

513. VESTIGI DELLE ANTICHITA DI ROMA, TIVOLI,
Pozzuolo et altri luochi. *Stampati in Praga,
da Ægidio Sadeler*, 1606, in-4, mar. vert,
fil., tr. dor. (*Derome.*)

   Belles figures de Sadeler.

514. La Science des Médailles (par le P. Jobert);
nouv. édit., avec des remarques historiques et

critiques. *Paris, de Bure,* 1739, 2 vol. in-12, fig. de numismatique, rel. en veau granit.

515. Peintures, bronzes et statues, formant la collection du musée de Naples. *Paris,* 1832, 41 pl., fig. au trait, in-4, br.

516. Nouveau Manuel complet d'archéologie, par Nicard. *Paris, Roret,* 1841, 2 vol in-18 et atlas oblong, d.-rel. mar vert.

517. Dictionnaire raisonné de diplomatique, par Dom. de Vaines. *Paris,* 1774, 2 vol. in-8, rel. en veau mar.

BIOGRAPHIE.

518. La Vie de Scaramouche, par le sieur Angelo Constantini, comedien. *Paris, à l'hôtel de Bourgogne et chez Claude Barbin,* 1695, pet. in-12, fig., rel. en veau gran., fil.

519. La Vie de P. Aretin, par M. de Boispréaux. *La Haye,* 1750, pet. in 12, veau mar., fil. *Portrait* d'après le Titien.

520. Dictionnaire des Athées anciens et modernes, par Sylvain Maréchal; 2ᵉ édit. *Bruxelles,* 1833, in-8, d.-rel. veau.

521. Les Vies des hommes illustres, par Plutarque, traduit en français par Ricard. *Paris, Lefevre,* 1836, 2 vol. gr. in-8, dem.-rel. v.

522. Histoire de la vie, des écrits et des doctrines

de Martin Luther, par Audin. 1845, 3 vol.
in-8 br.

523. Histoire de la vie et des ouvrages de Calvin,
par Audin ; 5e édit. *Paris*, 1850, 2 vol. in-8,
br.

HISTOIRE LITTÉRAIRE.
BIBLIOGRAPHIE,

524. Dictionnaire raisonné de Bibliologie, par
Peignot. *Paris*, 1802, 3 tom. en 2 vol. in-8,
dem.-rel. bas.

525. Dictionnaire critique, littéraire et biblio-
graphique des principaux livres condamnés au
feu, supprimés ou censurés, par G. Peignot.
Paris, Renouard, 1806, 2 vol. in-8, br.

526. The Bibliographical Decameron ; or ten Days
pleasant discourse upon illuminated manus-
cripts and subjects connected with early engraving typography and bibliography, by Dibdin.
London, 1817, 3 vol. gr. in-8, pap. vél., *fig.*,
rel. en v. fauve, fil.

> Bel ouvrage, avec un nombre considérable de jolies
> gravures sur bois dans le texte, et portraits gravés.
> Reliure anglaise.

527. La Reliure, poème didactique, en six chants,
par Lesné. *Paris*, 1820, in-8, maroq. noir, dent.
fil. tr. dor.

528. Bibliotheca Spenceriana ; or a descriptive
catalogue of the books printed in the fifteenth
century, and of many valuable first editions in
the library of George J.-E. Spencer, etc., etc.,
by Th. Frog. Dibdin. *London*, 1814-15, 4 vol.
—Ædes Althorpianæ; or account of the mansion
books, and pictures, at althorp ; the residence
of Spencer. a supplement to the bibliotheca
Spenceriana. *London*, 1822, 2 vol. — A Descriptive catalogue of the books printed in the
fifteenth century. *London*, 1823, 1 vol. Ens.:
7 vol. gr. in-8, *fig.*, cart., n. rog.

    Exemp. en grand papier vélin fort, avec un grand
nombre de gravures sur bois. (Rare.)

529. Manuel du Bibliophile, ou Traité du choix
des livres, par Gab. Peignot.*Dijon*, 1823, 2 vol.
in-8, br.

530. Questions de littérature légale, du plagiat et
de la supposition d'auteurs, par Ch. Nodier;
2me édit. *Paris, Crapelet,* 1828, in-8 br.

531. Mélanges tirés d'une petite bibliothèque, ou
Variétés littéraires et philosophiques, par Ch.
Nodier. *Paris, Roret,* 1829, in-8, br.

532. Rabelais analysé, ou Explication de 76
gravures pour ses œuvres, par les meilleurs
artistes, augmentée de l'ancienne clef et de
celle de Le Motteux, par Francisque Michel.
Paris, Barba, 1830, gr. in-8, avec les 76 grav.
br. (*Devenu rare.*)

533. The History of the decline and fall of the
Roman Empire, by Edw. Gibbon.*Paris, Gali-
gnani,* 1831, 1 fort vol. gr. in-8, port. rel. en
v. fauve, fil., tr. dor. (*Bel exempl. rel. par
Simier.*)

534. Curiosities of litterature, by I d'Israeli. *Paris,* 1835, 3 vol. in-8, rel. en v. bl., fil, dent. à froid, tr. dor. (*Bibolet.)*

535. Analectabiblion, ou Extraits critiques de divers livres, rares, oubliés et peu connus, tirés du cabinet du marquis du Roure. *Paris, Techener,* 1836, 2 tom. en 1 vol. in-8, dem.-rel. v. fauve, n. rog.

536. Introduction to the litterature of Europe, by Hen. Hllam. *Paris, Baudry,* 1837, 4 vol. in-8, rel. en v. fauve, fil. tr. dor. (*Bibolet.*)

537. Prédicatoriana, ou Révélations singulières et amusantes sur les prédicateurs, par Philomneste (Gab. Peignot). *Dijon,* 1841, in-8, br.

538. Catalogue d'une partie des livres composant la bibliothèque des ducs de Bourgogne au XV⁰ siècle, par Gab. Peignot; 2⁰ édit. *Dijon,* 1841, in-8, br.

539. Histoire de la littérature française depuis son origine, par Demogeot. *Paris,* 1852, in-12, dem.-rel., dos et coins en maroq. rouge.

540. Le Pourtraict du bibliophile parisien, painct au vif par Bonnardot. *Paris,* 1852, in-12, br.

541. Sous ce Numéro il sera vendu par lots un assez grand nombre de bons ouvrages en divers genres et bien conditionnés.

Environ 200 vol., parmi lesquels nous pouvons citer les suivants : le Manuel du libraire, les Contes de Gudin, les Propos de table, de Luther. — La Celestine discursus di Polygamie. — Les Dialogues d'Oratius Tubero. — La Biographie universelle en 1 vol. — Les

Récréations historiques, par Dreux du Radier. — Le Buchan Français.—Ovide, édit. variorum, bel exempl. en vélin blanc.—Les Œuvres de Fréret. — Les Usages des différents peuples, par Demeunier. — Des Erreurs et des préjugés, par de Salgues. — Promenades dans Rome, par Stendhal. — Book of curiosities. — Vie et Pontificat de Léon X.—Voyage de Montaigne en Italie. — Facetia-facetiarum, 1647. — Kotzebue, Souvenirs d'un voyage à Rome et à Naples, en allemand. — Les Œuvres de Pline le Jeune. — Comedie scelte di Alberto. Nota. — Recueil d'Anas. — Epigrammes de Martial, trad. par Simon. — J. Raulin, Sermons. — La Morale des poètes, par Moustalon, etc., etc., etc.

542. Un Corps de bibliothèque en acajou, à pans coupés, encadrements, avec portes à deux battants : cinq rayons à crémaillères.

Fin du Catalogue.

TABLE DES DIVISIONS.

HISTOIRE.

PARALIPOMÈNES HISTORIQUES.

BIOGRAPHIE.

HISTOIRE LITTÉRAIRE, BIBLIOGRAPHIE.

FIN DE LA TABLE DES DIVISIONS.

Paris. — Imprimé chez Jules Bonaventure.
55, quai des Grands-Augustins.